琼 瑶

作 品 大 全 集

苍天有泪 2

爱恨千千万

琼瑶 著

作家出版社

琼瑶，本名陈喆，作家、编剧、作词人、影视制作人。原籍湖南衡阳，1938年生于四川成都，1949年随父母由大陆赴台生活。16岁时以笔名心如发表小说《云影》，25岁时出版首部长篇小说《窗外》。多年来笔耕不辍，代表作包括《烟雨蒙蒙》《几度夕阳红》《彩云飞》《海鸥飞处》《心有千千结》《一帘幽梦》《在水一方》《我是一片云》《庭院深深》等。

多部作品先后改编成为电影及电视剧，琼瑶也因此步入影视产业。《六个梦》系列、《梅花三弄》系列、《还珠格格》系列等，影响至深，成为几代读者与观众共同的记忆。

琼瑶以流畅优美的文笔，编织了众多曲折动人的故事。其作品以对于梦的憧憬和爱的执着，与大众流行文化紧密结合，风靡半个多世纪，成为华文世界中极重要的文学经典。

我为爱而生，我为爱而写

文字里虚度还多少春夏秋冬

文字里留下多少青春浪漫

人世间虽然没有天长地久

故事里火花燃烧爱也依旧

琼瑶

II

接着，展家是一阵忙乱。重重院落，都灯火通明。

大夫来了好几个，川流不息地诊视云飞。丫头们捧着毛巾、脸盆、被单、水壶、药碗……穿梭不停地出出入入。品慧、天尧、纪总管都陆续奔进云飞房间，表示关切。在这一片忙碌和杂沓之中，只有一个人始终没有走进云飞的房间，那就是天虹。她像个不受注意的游魂，孤独地坐在长廊的尽头，惊吓地看着那些忙碌的人群，却连询问一声都不敢。

云飞房中，挤满了人。梦娴已经醒过来了，现在，目不转睛地看着云飞，无论怎样也不肯离开。云飞始终昏昏沉沉，醒了一下，又昏睡过去。大夫们给他包扎的包扎、上药的上药。几个大夫联合会诊，等他们诊断完毕，祖望、梦娴、品慧、纪总管、云翔、天尧都围上去，虽然各有心机，关心的程度是一样的。

"严重吗，大夫？"祖望急急地问。

"我们出去说话！"

大夫走出房，祖望、品慧、纪总管、天尧、云翔都跟了出去，站在门口说话。

"伤口已经有外国大夫缝过，应该不会裂开，现在又裂开了，情况就不好！我已经用金创药给他包扎过了，希望不再流血。现在，我们要联合商量一个药方，赶快去抓药！"大夫说。

"快快快！去书房开药方！"祖望说。

一群人往书房走，阿超追了过来：

"大夫，药方开好给我，我去抓药！"

"你守着大少爷吧，我看他离不开你！抓药，让天尧去抓就好了！"云翔说。

阿超冲口而出：

"天尧去，只怕大少爷命要不保！"

云翔脸一板，怒瞪阿超，厉声地说：

"你说什么？天尧什么时候误过事？你一天到晚守着大少爷，怎么允许他受伤？跟你在一起，命才不保！"

梦娴也追出来了，看看阿超，心里有些明白，当机立断：

"阿超，你进去陪着他，我去拿药方！"

梦娴跟着大家走了，阿超才放心地退回房间。他着急地走到床前。

云飞痛楚地呻吟了一声，努力地睁开眼睛，有些清醒了。丫头们围在床前给他擦汗的擦汗，挥扇的挥扇。齐妈看到他睁眼，就急忙挥手，让丫头们出去：

"去去去！这儿有我侍候就好了！"

丫头捧着染血的毛巾衣物退出门去。

齐妈关好门窗，和阿超围到床前来。齐妈轻声地喊着：

"大少爷，人都走了，房里只有我和阿超，你觉得怎么样？"

云飞虚弱已极地看着阿超和齐妈，慢慢地恢复了意识。和意识一起醒来的，是对雨凤的牵挂。他挣扎着说：

"我……不会死……我还得留着命……照顾雨凤……"

齐妈和阿超听得好心酸，齐妈眼眶都湿了。云飞缓过一口气来，觉得伤口痛得钻心，整个人一点力气都没有，想到经过情形，不禁咬牙：

"云翔，他好狠！我毕竟是他的哥哥，他却想置我于死地！"

阿超恨极，可是，也困惑极了：

"可是，怎么会泄露出去的呢？我们这么小心，连太太都瞒过去了！"

"只怕是……天虹小姐！只有天虹小姐知道！"齐妈说。

云飞无力追究是谁泄露机密，好多话要交代阿超，提了半天气，才勉强提起精神来，说：

"你们听好，我不知道云翔到底了解多少，但是，他连我的伤口在什么地方，他都知道，我实在好害怕，不知道他在爹面前说些什么，不知道雨凤那儿有没有危险。现在，这样一来，我是真的不能去看她了！阿超，你要想办法保护她！"

"你好好地养病吧！现在操心任何事都没有用。雨凤姑娘那儿，我会随时去看的！你放心吧，现在，要担心的是你，不是雨凤啊！"阿超说。

一声门响，大家住口。

梦娴急急忙忙走进来，把药方塞进阿超手中：

"阿超，你赶快去抓药！"

阿超拿着药方，匆匆地说：

"这儿交给你们了，千万别让二少爷进门！我抓了药就回来！"

他不敢延误，快步而去。走到院子里，忽然有个人影蹿出来，飞快地拦住了他。他定睛一看，是神态惊惶的天虹。

"阿超，他怎样了？"她急切地问。

阿超已经认定是天虹泄密，义愤填膺，气冲冲地说：

"天虹小姐，你好狠啊！你告诉了二少爷，是不是？他假装好人，去扶大少爷，却把伤口撞裂，让他流血不止！一条命已经去了一大半了！你还问什么？"

天虹睁大眼睛，踉跄而退。退到回廊的椅子上，一屁股跌坐下来。

阿超也不管她，掉头而去了。

房里，梦娴看到云飞醒了，又是高兴、又是忧伤、又是焦虑、又是疑惑。摸索着在他床前坐下，心痛地看着他：

"云飞，你怎样？你要吓死娘啊！"

"对不起……"云飞衰弱地说。

"到底是谁这么狠，会刺你一刀？"

"娘！如果你不问，我会好感激。"

梦娴眼眶一红：

"为了那个萧雨凤，是不是？你为她而受伤？是不是？"

云飞闭上眼睛，默然不语。梦娴一急：

"你为什么不跟她散了？为什么要让自己受伤？"

云飞心中一痛，无力解释，长长一叹：

"娘，关于我的受伤，等我精神好一点的时候，我一定告诉你，好不好？但是，不要再说'散了'这种话，我不过是受了一点小伤，即使为她死了，我也不悔！"

梦娴怔住，看着他那苍白如死的脸色，看着他那义无反顾的坚决，她陷进巨大的震撼里，什么话都说不出来了。

梦娴对云飞的受伤，是一肚子的疑惑，满心的恐惧。祖望也被这件事惊吓了，想到居然有人要置云飞于死地，就觉得"心惊胆战，不可思议"。在书房里，他严肃地看着纪总管和云翔，开始盘问他们，有没有知情不报。

"到底是怎么回事？谁要杀他？你们知道还是不知道？"

纪总管皱皱眉头，说：

"我们实在不知道他是怎么受伤的。只是……听说，云飞为了萧家两个姑娘，已经结下很多梁子了！这次受伤，我猜，八成是争风吃醋的结果。据说云飞在外面很嚣张，尤其阿超，已经狂妄到不知道自己姓甚名谁的地步，常常搬出展家的招牌，跟人打架……"他趋前低声说，"老爷，你上次说，把钱庄交给云飞管，我就先把虎头街的钱庄拨给他管，前天一查账，已经短少了一千块！"

"是吗？"祖望困惑极了，"我觉得云飞不会这样！"

"是啊！我也觉得他不会！可是，他这次回来，真的变了一个人，你觉得没有？以前哪里会争这个争那个，现在什么都要争！以前对映华痴心到底，现在会去酒楼捧姑娘！以前最反对暴力，现在会跟人打架还挂彩……我觉得有点不对，你一点都不觉得吗？"纪总管说。

云翔接了口：

"总之，他现在受伤是个事实！他千方百计想要瞒住，也是一个事实！我就奇怪，怎么受了伤，居然不吭气！他一定在遮掩什么！"

祖望动摇了，越想越怀疑：

"真的有问题！大有问题！"他抬头看纪总管："不管他是怎么受伤的，这个下手的人简直没把我们展家放在眼里！找出是谁，不能这样便宜地放过他！"

"是谁干的，阿超一定知道！"云翔说。

"可是，阿超不会说的！随你怎么问他，他都不会说的！"纪总管说。

天尧和云翔对看一眼。云翔打鼻子里哼了一声，是吗？阿超不会说吗？

阿超抓了药，一路飞快地跑回家。到了家门口的巷子里，忽然，一个人影悄然无声地从他身后蹿出，举起一根大棒子，重重地打在他的后脑勺上。他哼也没哼，就晕了过去。

哗啦一声，一桶冷水，淋在他身上，他才醒了过来。睁眼一看，自己已经被五花大绑，悬吊在空中。他的手脚分开绑着，绑成一个"大"字形，上衣也扯掉了，裸着上身。他再定睛一看，云翔、天尧、纪总管正围绕着他打转，每个人都是杀气腾腾的，云翔手里拿着一条马鞭，看到他睁眼，就对着他一鞭鞭挥下，喊着：

"你没想到吧！你也有栽在我手里的一天！平常连我，你都敢动手！今天正好跟你算个总账！你以为有云飞帮你撑腰，我就不敢动你吗？现在，哈哈！一个成了病猫！一个成了因犯！看你还怎么张狂！"

阿超知道自己中了暗算，扼腕不已。看看四周，只见到处都堆放着破旧家具，知道这儿是展家废弃的仓库，几年也不会有人进来。陷身在这儿，今晚是凶多吉少了。他明白了这一点，心里也就豁出去了，反正了不起是一死！尽管皮鞭像雨点般落下，打得他皮开肉绽，他只是睁大眼睛，怒瞪着云翔，一声也不吭。

纪总管往他面前一站，大声说：

"你今天识相一点，好好回答我们的话，你可以少挨几鞭！"就厉声问："说！云飞是怎样受伤的？"

阿超一怔，这才明白过来，原来他们并不知道是谁刺伤了云飞，心里一喜，就笑了起来：

"哈哈！"

云翔怒不可遏：

"笑！你还敢笑！我打到你笑不出来！说！云飞是怎样受伤的？是谁动的手？说！"他举起鞭子，一鞭鞭抽了过来。

阿超头一抬，瞪着云翔，大声说：

"不就是你像暗算我一样，暗算他的吗？"

"胡说八道！死到临头，你还要嘴硬！你说还是不说，你不说，我今天就打死你！"

阿超倔强地喊着：

"你可以打我，你可以暗算我，你可以去杀人放火，你可以对你的亲生哥哥下毒手，你什么事做不出来？"他掉头看天尧，大喊："天尧，你今天帮着他打我，有没有想到，将来谁会帮着他打你？"

"你还想离间我和天尧？我打死你！打死你！打死你……"云翔怒喊，鞭子越抽越猛。

阿超仰头大笑：

"哈哈！以为你是个少爷，结果是条虫！"

"你说什么？你说什么？"

"从小，你跟我一起练武，现在，你不能跟我单打独斗，只能用暗算的，算什么英雄好汉？传出江湖，你就是一条虫！"

"天尧！给我一把刀！我要杀了这个狗奴才！"云翔气极，大喊。

"杀他？他值得吗？就是要杀他，也不需要你动手！"纪总管说。

"是啊！我们平常是放他一马，要不然，他就算有十条命，也都不够我们杀的！"天尧接口。

阿超大叫：

"纪总管，天尧！不要忘了，你们也是奴才啊！我们之间所不同的，我有一个把我当兄弟的主子，而你们有一个把你们当傻瓜的主子……这个人……"他怒瞪云翔，"不仁不义，还是一个扶不起的阿斗，值得你们为他卖命吗？"

"我打死你！打死你！打死你……"云翔大喊，马鞭毫不留情地挥了过来。

阿超咬牙忍着，一会儿，已经全身都是伤，无力再和云翔斗口了。

"云翔！再打他就会厥过去了！我们还是把重点审出来吧！"天尧提高声音，"是谁让云飞挂彩的？快说！"

阿超抬头对天尧一笑：

"我已经告诉你们了，是云翔做的，你们不相信吗？"

云翔已经停鞭，一听，大怒，鞭子又挥了过去。

纪总管瞪着阿超，不愿打出人命，伸手阻止了云翔：

"今晚够了，你也打累了，我看，再打也没用，他一定不会说的，我们把他关在这儿，明天再来继续审他！先让他饿个两三天，看他能支持多久！"

云翔确实已经打累了，丢下马鞭，喘吁吁地对阿超挥着拳头咆哮：

"你就在这里慢慢给我想！我的时间长得很，明天想不起来，还有后天，后天想不起来，还有大后天！看你有多少天好熬！"

纪总管、天尧、云翔一起走了。阿超清楚地听到，门外的大锁"喀哒"一声锁上了。

阿超筋疲力尽地垂下头去，痛得几乎失去知觉了。

时间不知道过去了多久，阿超的精神恢复了一些。抬起头来，他四面看了看，这个废弃仓库阴冷潮湿，墙角的火把，像一把鬼火，照得整个房间阴风惨惨。他振作了一下，开始苦思脱困的办法。他试着挣扎，手脚上的绳子绑得牢牢的，无论怎样挣扎都挣不开。

"怎么办？大少爷会急死了！齐妈和太太不知道会不会想办法救我，但是，她们根本不知道我陷在这儿呀！药也丢了，大少爷没药吃，会不会再严重起来？"他想来想去，一筹莫展。

忽然，门外有钥匙响，接着，厚重的门被轻轻推开。

阿超一凛，定睛细看，只见一个纤细的人影，一闪身溜了进来。他再一细看，原来是天虹。

"天虹小姐？"他又惊又喜。

天虹一抬头，看到五花大绑、遍体鳞伤的阿超，吓得几乎失声尖叫。她立刻用手蒙住自己的嘴巴，深吸口气，又拍拍胸口，努力稳定了一下自己，才低声说：

"我来救你了，我要爬上去割断绳子，你小心！"

"你有刀吗？"

"我知道一定会需要刀，所以我带来了！"

天虹拖来一张桌子，爬上去割绳子：

"你也小心一点，别摔着了！"

"我知道！"

天虹力气小，割了半天，才把绳索割断。阿超跌倒在地上，天虹急忙爬下桌子，去看他，着急地问：

"你怎样？能走还是不能走？"

阿超从地上站起来，忍痛活动手脚，一面飞快地问：

"你怎么会来救我？"

"你去抓药，我就一直在门外等你，想托你带一句话给大少爷，我看着你被他们打晕抓走，看着你被押到这儿来……我一点办法都没有，我必须等到云翔睡着，才能偷到钥匙，所以来晚了……"她看到阿超光着上身，又是血迹斑斑的，就把自己的披风甩给他，"披上这个，我们快走！"

阿超披上衣服。两人急急出门去。

走到花园一角，天虹害怕被人撞见，对他匆匆地说：

"你赶快去守着大少爷，我必须马上回去！"

"是！"阿超感激莫名，诚挚地问，"你要我带什么话给大少爷？"

天虹看着他，苦涩而急促地说：

"我要你告诉他，我没有出卖他，绝对没有！关于他受伤，我什么都没有说过！要他相信我！"她顿了顿，凝视他："你对他有多忠心，我对他就有多忠心。"

"我懂了！你快回去吧！今晚的事……谢谢。"阿超感动极了。想想，很不放心："你回去会不会有麻烦？"

"我不知道。希望他没醒……我不能再耽误了……"她转身向里面走，走走又回头，百般不放心地加了一句，"阿超！照顾他！千万别让他再出事！"

阿超神色一凛，更加感动：

"我知道……你也……照顾自己！还有……现在，这个家真的是乱七八糟了，我都不知道自己能不能够保护好大少爷，如果随时要防暗算，那就太恐怖了！你假若有力量，帮帮大少爷吧！毕竟，现在和大少爷作对的三个人，都是你最亲近的人！"

天虹震动地看他，脸上的苦涩，更深更重了。她点了点头，说了一句：

"只要我不是自身难保，我会的！"说完，就急忙而去了。

阿超回到云飞房间的时候，云飞、齐妈和梦娴正像热锅上的蚂蚁，急得不得了。阿超本来还想瞒住自己被打的事，但是，药也丢了，上衣也没了，浑身狼狈，怎样都瞒不住，只好简简单单，把经过情形说了一遍。云飞一听，也不管自己的伤口，从床上撑起身子，激动地喊：

"他们暗算你？快！给我看看，他们把你打成怎样了？"

阿超披着天虹的那件披风，遮着身体，但是，脸上的好几下鞭痕是隐瞒不了的。

齐妈和梦娴，都震惊已极地瞪着他，尤其梦娴，太多的意外，使她都傻住了。

阿超伸手按住云飞：

"你不要激动，你躺下来，千万不要再碰到伤口，我拜托拜托你！我的肉厚，身体结实，挨这两下根本不算什么……只是药丢了，我要去敲药铺的门，再去抓……"

他话没说完，云飞已一把拉下他的披风。他退避不及，伤痕累累的身子，全都露了出来。

梦娴惊呼一声，齐妈抽口大气，云飞眼睛都直了。好半天，大家都没说话，然后，云飞咬咬牙，痛楚地闭了闭眼晴说：

"他们居然这样对你！这还是一个家吗？这还有兄弟之情吗？天尧也这样，纪叔也这样！天尧和我们是一起长大的呀！我不能忍受了，趁这个机会，大家把所有的事都挑明吧！娘，你把爹请来，我要公开所有的秘密……"

阿超急忙劝阻：

"你沉住气好不好？你现在伤成这样。大夫再三叮咛要休息，你哪儿有力气来讲这么长的故事？何况老爷信不信还是一个大问题，即使信了，你认为就没事了吗？可能会有更多的问题！想想你再三要保护的人吧！再说，天虹小姐今晚冒险救我，如果泄露出去，她会怎样？那三个人，是她的爹、她的哥哥，和她的丈夫耶！不能说！什么都不能说！"

云飞被点醒了，是的，天虹处境堪怜，雨风处境堪忧，投鼠忌器，什么都不能说！他又急又恨又无奈，痛苦得不得了：

"那……我们要怎样，完全处于挨打的地位吗？"

"我觉得，第一步是你们两个都得赶快把伤养好！大少爷，你就躺着别动，阿超，你到桌子这边来，我给你上药！"齐妈喊。

"对对对，你赶快先上药再说！"梦娴惊颤地说。

齐妈把阿超拉到桌子前面，倒了水来，清洗着伤口。他的背脊上，左一条右一条的鞭痕，条条皮开肉绽。齐妈一面擦拭着血迹，一面心痛地说：

"会疼吧？没办法，我想那马鞭多脏，伤口一定要消毒一下才好，你忍一忍！"

他忍着痛，居然还笑：

"你这像跟我抓痒一样，哪有疼？"

梦娴捧着干净绷带过来，说：

"这儿还有干净的绷带和云飞的药，我想，金创药都差不多，快给他涂上！"她一看到阿超的背，就觉得晕眩，脚一软，跌坐在椅子里："我的老天，怎么会下这样的毒手呢？这怎么办呢？这个家这样危机四伏，怎么办呀？"

"娘！"云飞在床上喊。

梦娴赶忙到床前来。云飞心痛地说：

"娘，你回房休息吧，好不好？"

"我怎能休息，你们两个都受伤了！敌人却是我们的亲人，防不胜防，随时，云翔都可以来'问候'你一下，我急都急死了，怎么休息！"

阿超急忙安慰梦娴：

"太太，你放心，我以后会非常注意，不让自己受伤，也不让大少爷受伤！你想想看，家里有哪些人是我们可以信任的，最好调到门口来守门，不要让二少爷和纪家父子进门！"

"我看，我把我的两个儿子调来吧！别人我全不信任！"齐妈说。

"对了，我忘了大昌和大贵！"梦娴眼睛一亮。

齐妈猛点头：

"这样，就完全可以放心了，门口，有大昌大贵守着，门里，有我和阿超……即使阿超走开几步，也没关系了！"

云飞躺在床上，忍不住长叹：

"我们出去四年，跑遍大江南北，随处可以安居，从来没有受过伤，没想到在自己家里，居然要步步为营！"

阿超没等药擦完，又跑回到云飞床边来，笑嘻嘻地说：

"我没有白挨打，有好消息要给你！"

"还会有什么好消息？"云飞睁大眼睛。

"他们拼命审问我，是谁对你下的手，原来他们完全不知道真相！所以，你要保护的那个人，还是安安全全的！"

云飞眉头一松，透了一口长气。

"还有，天虹姑娘要我带话给你，她没有出卖你，她什么都没说！"

云飞深深点头：

"我早就知道她什么都没说！真亏了她冒险去救你！齐妈，你要打听打听她有没有吃亏！"

"我会的！我会的！以后再也不会冤枉她了！"齐妈一迭连声地说。

"齐妈，你注意一下小莲，我觉得那丫头有点鬼鬼祟祟！"阿超说。

齐妈点头。梦娴忧心忡忡，看看云飞，又看看阿超，真是愁肠百结，说：

"现在，你们两个，给我好好地养伤吧！谁都不许出门！"

"大少爷躺着就好，我呢，都是皮外伤，毫无关系，我还是要出门的！就拿这抓药来说，我现在就要去……"

齐妈很权威地一吼：

"现在哪有药铺会开门？明天一早，大昌会去抓药，你满脸伤，还要往哪里跑？不许出去！"

阿超和云飞相对一看，两个伤兵，真是千般无奈。

云飞经过这样一闹，又快要虚脱了。闭上眼睛，他想合目养神，可是，心里颠来倒去，都是雨凤的影子。自己这样衰弱，阿超又受伤了，雨凤会不会在巷口等自己呢？见不到他，她会怎么想？他真是心急如焚，简直"度秒如年"了。

第二天一早，齐妈就把所有的事，都照计划安排了。端了药碗，她来到云飞床前，报告着：

"所有的事，我都安排好了，你不要操心。天虹那儿，我一早就去看过了，她过关了！她说，钥匙已经归还原位，要你们放心。"

云飞点头，心里松了一口气，总算天虹没出事。正要说什么，门外传来家丁的大声通报：

"老爷来了！"

云飞一震。齐妈忙去开门，阿超赶紧上前请安：

"老爷，早！"

祖望瞪着阿超看，阿超脸上的鞭痕十分明显。祖望吃惊地问：

"你怎么了？"

"没事！没事！"阿超若无其事地说。

"脸上有伤，怎么说是没事？怎么弄的？"祖望皱眉。

"爹！"云飞支起身子喊。

祖望就搁下阿超的事，来到床前，云飞想起身，齐妈急忙扶住。

"爹，对不起，让您操心了！"

"你躺着别动！这个时候，别讲礼貌规矩，赶快把身子养好，才是最重要的！"他看看云飞又看看阿超，严肃地说，"我要一个答案，你们两个到底是怎么回事？不要再瞒我了！"

"阿超和我是两回事，阿超昨晚帮我抓药回来，被人一棍子打昏，拖到仓库里毒打了一顿！"云飞不想隐瞒，坦白地说了出来。

"是谁干的？"祖望震惊地问。

"爹，你应该心里有数，除了云翔，谁会这样做？不只云翔一个人，还有纪总管和天尧！我真没想到，我的家，已经变成了一个暴力家庭！"

祖望的眉头皱得更紧了，生气地说：

"云翔又犯毛病了，才跟我说，要改头换面，重新做人，转眼就忘了！"说着，又凝视云飞："不过，阿超平常也被你宠得有点骄狂，常常作威作福，没大没小，才会惹出这样的事吧！"

云飞一听，祖望显然有护短的意思，不禁一愣。心中有气，正要发作，阿超走上前来，赔笑说：

"老爷！这事是我不好，希望老爷不要追究了！"

祖望看阿超一眼，威严地说：

"大家都收敛一点，家里不是就可以安静很多吗？"

云飞好生气：

"爹！你根本在逃避现实，家里已经像一个刑场，可以任意动用私刑，你还不过问吗？这样睁一眼，闭一眼，对云翔他们一再姑息，你会造成大问题的！"

祖望也很生气，烦恼地一吼：

"我现在最大的问题就是你！"

云飞一怔。阿超和齐妈面面相觑，不敢说话。

"好！我已经知道云翔打了阿超！那么你呢？你肚子上这一刀，总不是云翔捅的吧？你还不告诉我真相吗？你要让那个凶手逍遥法外，随时再给你第二刀吗？"

云飞大急，张口结舌。祖望瞪着他，逼问：

"就是你这种态度，才害阿超挨打吧？难道，你要我也审阿超一顿吗？"

云飞急了，冲口而出：

"如果我告诉你，这一刀是我自己捅的，你信不信呢？"

"你自己捅的？你为什么要自己捅自己一刀呢？"祖望大惊。

云飞吸口气，主意已定。就坚定地，肯定地，郑重地说：

"为了向一个姑娘证明自己心无二志！"

祖望惊奇极了，目不转睛地盯着他看。云飞迎视着他的目光，眼神那么坦白真挚，祖望不得不相信了。他睁大眼睛，不可思议地说：

"这太疯狂了！但是，这倒很像你的行为！'做傻事'好像是你的本能之一！"他咽了口气，对这样的云飞非常失望，云翔的谗言就在心中全体发酵："我懂了，做了这种傻事，你又想遮掩它！"

"是！请爹也帮我遮掩吧！"

"那个姑娘就是待月楼里的萧雨凤？她值得你这样做？"

云飞迎视着父亲的眼光，一字一句，掏自肺腑：

"为了她，赴汤蹈火，刀山油锅，我都不惜去做！何况是挨一刀呢？她在我心里的分量可想而知！爹如果肯放她一马，我会非常非常感激，请你给我一点时间，让我向你证明我的眼光，证明她值得还是不值得！"

祖望瞪着他，失望极了。

"好了！我知道了！"他咬咬牙，说，"我的两个儿子，云翔固然暴躁，做事往往太狠，可是，你，也未免太感情用事了！在一个姑娘身上，用这种功夫，损伤自己的身子，你也太不孝了！"站起身来，他的声音冷淡："你好好地休养吧！"他转身向外走，走了几步，又站住了，口头说："云翔现在很想和你修好，你也不要拒人于千里之外，兄弟之间，没有解不开的仇恨，知道吗？"说完，转身去了。

云飞怄得往床上一倒。

"简直是一面倒地偏云翔嘛！连打阿超这种事他都可以放过！气死我了……"他这一动，牵动了伤口，捧着肚子呻吟，"哎哟！"

阿超急忙蹿过来扶他，嚷着说：

"你动来动去干什么？自己身上有伤，也不注意一下！你应该高兴才对，肚子上这一刀，总算给你蒙过去了，我打包票老爷不会再追究了！"

"因为他觉得不可思议，太丢脸了！"

"管他怎么想呢！只要暂时能够过关，就行了！"他弯腰去扶云飞，一弯腰，牵动浑身伤口，不禁跟着呻吟："哎哟，哎哟……"

齐妈奔过来：

"你们两个！给我都去躺着别动！"

主仆二人，相对一视。

"哈哈！没想到我们弄得这么狼狈！"阿超说。

云飞接口：

"人家是'哼哈二将'，我们快变成'哎哟二将'了！"

主仆二人，竟然相视而笑了。

第二天一清早，云翔就被纪总管找到他的偏厅来。

"救走了？阿超被人割断绳子救走了？怎么可能呢？谁会救他呢？"云翔气急败坏地问。

"所以，千万不要小看云飞的力量，这个家庭里，现在显然分为两派了，你有你的势力，他有他的势力！不要以为我们做什么，他们看不见，事实上，他的眼线一定也很多，就连阿文那些人，也不能全体信任！说不定就有内奸！"纪总管说。

"而且，今天一早，大昌大贵就进府了。现在，像两只虎头狗一样，守在云飞的房门口！小莲也被齐妈赶进厨房，不许出入上房！还不知道他们会对老爷怎么说，老爷会怎么想？"天尧接口。

云翔转身就走：

"我现在就去看爹，先下手为强！"

纪总管一把拉住他：

"你又毛躁起来了！你见了老爷怎么说？说是阿超摔了一跤，摔得脸上都是鞭痕吗？"

云翔一怔，愣了愣，转动眼珠看纪总管，惊愕地喊：

"什么？阿超脸上有鞭痕？怎么弄的？谁弄的？"

纪总管一笑，拍拍云翔的肩：

"去吧！自己小心应付……"

纪总管话没说完，院子里，家丁们大声通报：

"老爷来了！"

纪总管大惊，天尧、云翔都一愣。来不及有任何反应，房门已被拍得砰砰响。纪总管急忙跑去开门，同时警告地看了两人一眼。

门一开，祖望就大踏步走了进来，眼光敏锐地扫视三人：

"原来云翔在这儿！怎么？一早就来跟岳父请安了？"

纪总管感到祖望话中有话，一时之间，乱了方寸，不敢接口。云翔匆促间也不知道该说什么，有点慌乱：

"爹，怎么这么早就起床了？"

祖望瞪着云翔，恨恨地说：

"家里被你们两个儿子弄得乌烟瘴气，我还睡得着吗？"

"我弄了什么？"

"你弄了什么？不要把我当成一个老糊涂，好不好？我已经去过云飞那儿了……捉阿超，审阿超，打阿超，还不够吗？"他忽然掉头看天尧和纪总管，"你们好大胆子，敢在家里动用私刑！"

纪总管急忙说：

"老爷！你可别误会，我从昨晚起……"

祖望迅速打断，叹口气：

"纪总管！你们教训阿超，本来也没什么大了不起，可是不要太过分了！如果这阿超心里怀恨，你们可以暗算他，他也可以暗算你们！任何事，适可而止。这个屋檐底下，要有秘密也不太容易！"

纪总管闷掉了。

云翔开始沉不住气：

"爹！你不能净听云飞的话，他身上才有一大堆的秘密，你应该去调查他怎么受伤，他怎么……"

祖望烦躁地打断了他：

"我已经知道云飞是怎样受伤的，不想再追究这件事了！所以，这事就到此为止，谁都不要再提了！"

云翔惊奇：

"你知道了？那么，是谁干的？我也很想知道！"

"我说过，我不要追究，也不想再提了！你也不用知道！"

云翔、天尧、纪总管彼此互看，惊奇不解。

祖望就拍了拍云翔的肩，语重心长地说：

"昨天，你跟我说了一大篇话，说要和云飞讲和，说要改错什么的，我相信你是肺腑之言，非常感动！你就让我继续感动下去吧，不要做个两面人，在我面前是一个样，转身就变一个样！行吗？"

云翔立即诚恳地说：

“爹，我不会的！”

“那么，打阿超这种事情，不可以再发生了！你知道我对你寄望很深，不要让我失望！”再看了屋内的三个人一眼，“我现在只希望家里没有战争，没有阴谋，每个人都能健康愉快地过日子，这不算是奢求吧！”

祖望说完，转身大步出门去。纪总管慌忙跟着送出去。

室内的云翔和天尧，对看一眼：

“还好，你爹的语气，还是偏着你！虽然知道是我们打了阿超，可是，并没有大发脾气，就这一点看，我们还是占上风！”天尧说。

云翔想想，又得意起来：

“是啊！何况，我还修理了他们两个！”他一击掌，意兴风发地说：“走着瞧吧！路还长得很呢！”

12

雨凤有两天没有去巷口，她已经下定决心，不再和云飞见面了。好奇怪，云飞也没有来找她，或者，他卧病在床，实在不能行动吧！但是，阿超居然也没来。难道，云飞已经知道了她的决心，预备放弃她了？第三天，她忍不住到巷口去转了转。看不到马车，也看不到阿超，她失望地回到小屋，失魂落魄。于是，整天，她就坐在窗边的书桌前，聚精会神地看着那本《生命之歌》。这是一本散文集，整本书，抒发的是作者对"生命"的看法，其中有一段这样写着：

"我们觉得一样事物'美丽'，是因为我们'爱它'。花、鸟、虫、鱼、日、月、星、辰、艺术、文学、音乐、人与人……都是这样。我曾经失去我的挚爱，那种痛楚和绝望，像是掉进一个深不见底的黑洞里，所有的光明色彩声音全部消失，生命剩下的，只有一具空壳，什么意义都没有了……"

她非常震撼，非常感动，就对着书出起神来，想着云飞的种种种种。

忽然间，有两把匕首，亮晃晃地往桌上一放。发出啪的一响，把她吓了一大跳，她惊跳起来，就接触到雨鹃锐利的眸子。她愕然地看看匕首，看看雨鹃，结舌地问：

"这……这……这是什么？"

雨鹃在她对面一坐：

"这是两把匕首，我去买来的！你一把，我一把！"

"要干什么？"雨凤睁大眼睛。

"匕首是干什么的，你还会不知道吗？你瞧，这匕首上有绑带子的环扣，我们把它绑在腰上，贴身藏着。一来保护自己，二来随时备战！"

雨凤打了个寒颤：

"这个硬邦邦的东西，绑在腰上，还能跳舞吗？穿薄一点的衣服，不就看出来了吗？"

"不会，我试过了。这个匕首做得很好，又小又轻，可是非常锋利！如果你不愿意绑在腰上，也可以绑在腿上！这样，如果再和展夜枭面对面，也不至于像上次那样，找刀找不到，弄了个手忙脚乱！"

雨凤瞪着雨鹃：

"你答应过金银花，不在待月楼出事的！"

"对呀！可是我也说过，离开了待月楼，我高兴做什么就做什么！你焉知道不会有一天，我跟那个展夜枭会在什么荒郊野外碰面呢！"

"你怎么会跟他在荒郊野外碰面呢？太不可能了！"

"人生的事很难讲，何况，'机会'是可以'制造'的！"

雨鹃说着，就把匕首绑进衣服里，拉拉衣服，给雨凤看：

"你看！这不是完全看不出来吗？刚开始，你会有些不习惯，可是，带久了你就没感觉了！你看那些卫兵，身上又是刀，又是枪的，人家自在得很！来来来……"她拉起雨凤，"我帮你绑好！"

雨凤一甩手，挣脱了她，抗拒地喊：

"我不要！"

"你不要？你为什么不要？"

雨凤直视着她，几乎是痛苦地说：

"因为我做过一次这样的事，我知道用刀子捅进人的身体是什么滋味，我绝对不再做第二次！"

"即使是对展夜枭，你也不做吗？"

"我也不做！"

雨鹃生气，跺脚：

"你是怎么回事？"

雨凤难过地摇摇头：

"我也不知道我是怎么回事，我只知道，我一定做不出来！自从捅了那个苏慕白一刀以后，我看到刀子就发抖，连切个菜，我都会切不下去，我知道我不中用，没出息！我就是没办法！"

雨鹃提高声音，喊：

"你捅的是展云飞，不是苏慕白！你不要一直搞不清楚！"她走过去，一把抢走那本书："不要再看这个有毒的东西了！"

雨凤大急，伸手就去抢：

"我已经不去巷口等他们了，我已经不见他了！我看看书，总不是对你们的背叛吧？让我看……让我看……"她哀恳地看着雨鹃："我都听你的了，你不能再把这本书抢走！"

雨鹃废然松手。雨凤夺过了书，像是拿到珍宝般，将书紧紧地压在胸口。

"这么说，这把匕首你决定不带了？"雨鹃气呼呼地看着她。

"不带了。"

雨鹃一气，过去把匕首抓起来：

"你不带，我就带两把，一把绑在腰上，一把绑在腿上！遇到展夜枭，就给他一个左右开弓！"

雨凤呆了呆：

"你也不要走火入魔好不好？身上带两把刀，你怎么表演？万一跳舞的时候掉出来了，不是闹笑话吗？好吧！你一把，我一把，你带着，我收着！"

雨凤拿过匕首，那种冰凉的感觉，使她浑身一颤。她满屋子乱转，不知道要将它藏在哪儿才好。

她把匕首收进抽屉里，想想不妥，拿出来放进柜子里，想想，又不妥，拿出来四面张望，找不到合适的地方可藏，最后，把它塞在枕头底下的床垫下，再用枕头把它压着，这才松了口气。她收好了匕首，抬头看雨鹃，可怜兮兮地解释：

"我不要弟弟妹妹看到这个！万一小四拿来当玩具，会闯祸！"

雨鹃摸着自己腰上的匕首，一语不发。

第二天早上，萧家的五个姊弟都很忙。小三坐在院子中剥豆子。小四穿着制服，利用早上的时间，在练习射箭。小五缠在小四脚边，不断给小四喝彩，拍手，当啦啦队。雨鹃拿着竹扫把，在扫院子。雨凤在擦桌子，桌上，躺着那本《生命之歌》。

有人打门，雨鹃就近开门，门一开，阿超就冲进来了。雨鹃一看到阿超，气坏了，举起扫把就要打：

"你又来做什么？出去！出去！"

阿超轻松地避开她，看着小四，高兴地喊：

"还没去上课？在射箭吗？小四，有没有进步？"

三个孩子看到阿超，全都一呆。小五看到他脸上有伤，就大声惊呼起来：

"阿超大哥，你脸上怎么了？"

阿超心中一喜：

"小五！你这声'阿超大哥'，算我没有白疼你！"他摸摸自己的脸，不在意地说："这个吗？被人暗算了！"

雨凤看到阿超来了，整个脸庞都发亮了，眼睛也发光了。怕雨鹃骂她，躲在房里不敢出去。

雨鹃拿着扫把奔过来，举起扫把喊：

"跟你说了叫你出去，你听不懂吗？"

阿超抢过她的扫把一扔：

"你这么凶，快变成母夜叉了！整天气呼呼有什么好呢？

不是跟自己过不去吗？"

"你管我？"雨鹃生气地大嚷，"你就不能让我们过几天安静日子吗？"

"怎么没有让你们过安静日子？不是好几天都没有来吵你们吗？可是，现在不吵又不行了，有人快要难过得死掉了！"

"让他去死吧！反正每天都有人死，谁也救不了谁！你赶快走！不要在这儿乱撒迷魂药了！"

阿超想进去，雨鹃捡起扫把一拦，不许他进去。

"你让一下，我有话要跟雨凤姑娘说！"

"可是，雨凤姑娘没有话要跟你说！"

"你是雨凤姑娘的代言人吗？"

阿超有气，伸头喊："雨凤姑娘！雨凤姑娘！"

雨凤早已藏不住了，急急地跑了过来：

"你的脸……怎么了？"

"说来话长！被人暗算了，所以好几天都没办法过来！"

雨凤一惊：

"暗算？他呢？他好不好？"

"不好，真的不大好！也被人暗算了！"

"怎么一回事呢？被谁暗算了？你快告诉我！"雨凤更急。

"又是说来话长……"

雨鹃气呼呼地打断他：

"什么'说来话长'？这儿根本没有你说话的余地！带着你的'说来话长'滚出去！我要关门了！如果你再赖着不走，我就叫小四去通知金银花……"

阿超锐利地看雨鹃，迅速地接口：

"预备要郑老板派人来揍我一顿吗？"

"不错！你不要动不动就往我们家横冲直撞，你应该知道自己受不受欢迎。什么暗算不暗算，不要在这儿编故事来骗雨凤了，她老实，才会被你们骗得团团转……"

阿超瞪着雨鹃，忽然忍无可忍地爆发了：

"雨鹃姑娘，你实在太霸道，太气人了！我从来没看过像你这样蛮不讲理的姑娘！你想想看，我们对你们做过什么坏事？整个事件里的受害者，不是只有你们，还有我们！"忽然拉开上衣，露出伤痕累累的背脊："看看这个，不是我做出来骗你们的吧？"

雨凤、雨鹃、小三、小四、小五全都大惊。小五大叫：

"阿超大哥，你受伤了！大姊！赶快给阿超大哥上药！"

"有人用鞭子抽过你吗？是怎么弄伤的？你有没有打还他？"小三急呼。

小四更是义愤填膺：

"你跟谁打架了？你怎么不用你的左勾拳和连环腿来对付他们呢？还有你的铁头功呢？怎么会让他们伤到你呢……"

三个孩子七嘴八舌，全都忘了和阿超那个不明不白的仇恨，个个真情流露。

阿超迅速地穿好衣服，看着三个孩子，心中安慰极了，再四面看看："这四合院里，现在只有你们吗？"

"是！月娥、珍珠、小范他们都是一早就去待月楼了。你快告诉我，你碰到什么事了？谁暗算了你？"雨凤好着急。

阿超咬牙切齿，一个字一个字地吐出来：

"展云翔！"

五个兄弟姊妹全都一震。雨鹃也被阿超的伤所震撼了，定睛看他：

"你没有骗我们？真的？你背上的伤，是用什么东西伤到的？"

"我没有骗你们，背上的伤，是展夜枭用马鞭抽的！"他一本正经地说。

"那……他呢？不会也这样吧？"雨凤心惊胆战。

"实在……说来话长，我可不可以进去说话了？"

雨鹃终于让开了身子。

阿超进了房。于是，云飞被暗算，自己被毒打，全家被惊动，祖望相信了云飞"自刺"的话，答应不再追究……种种种种，都细细地说了。雨凤听得惊心动魄，雨鹃听得匪夷所思，三个孩子一知半解，立刻和阿超同仇敌忾起来，个个听得热血沸腾，义愤填膺。

阿超挨的这一顿毒打，收到的效果还真不小，雨鹃那种剑拔弩张的敌意，似乎缓和多了。而雨凤，在知道云飞"伤上加伤"以后，她是"痛上加痛"，听得眼泪汪汪，恨不得插翅飞到云飞床边去。想到云飞在这个节骨眼，仍然帮自己顶下捅刀子的过失，让自己远离责任，就更是全心震动。这才知道，所谓"魂牵梦萦""柔肠寸断"，是什么滋味了。

当阿超在和雨凤姊弟，畅谈受伤经过的时候，云飞也拗不过梦娴的追问，终于把自己受伤的经过，坦白地告诉了母亲。梦娴听得心惊肉跳，连声喊着：

"什么？原来捅你一刀的是雨凤？这个姑娘太可怕了，你还不赶快跟她散掉！你要吓死我吗？"

"我就知道不能跟你说嘛，说了就是这种反应！你听了半天，也不分析一下人家的心态，也不想一想前因后果，就是先把她否决了再说！"云飞懊恼地说。

"我很同情她的心态，我也了解她的仇恨，和她的痛苦……可是，她要刺杀你呀！我怎么可能允许一个要刺杀你的人接近你呢？不行不行，我们给钱，我们赔偿他们，弥补他们，然后，你跟他们走得远远的！我去跟你爹商量商量……"她说着就走。

云飞一急，跳下地来，伸手一拦：

"娘！你不要弄得我的伤口再裂一次，那大概就要给我办后事了！"

梦娴一吓，果然立即止步：

"你赶快去床上躺着！"

"你要不要好好听我说呢？"

"我听，我听！你上床！"

云飞回到床上：

"这件事情，我想尽办法要瞒住爹，就因为我太了解爹了！他不会跟我讲道理，也不会听我的解释和分析，他和你一样，先要保护我，他会釜底抽薪！只要去一趟警察厅，去一趟县政府，或者其他的单位，萧家的五个孩子，全都完了！我只要一想到这个，我就会发抖。所以，娘，如果你去告诉爹，就是你拿刀子来捅我了！"

"哪有那么严重！你故意要讲得这么严重！"梦娴惊怔地说。

"就是这么严重！我不能让他们五个，再受到丝毫的伤害！"他深深地看着梦娴，"娘！你知道吗？雨凤带着刀去寄傲山庄，她不是要杀我，她根本不知道我会去，她是发现我的真实身份，就痛不欲生了！她是去向她爹忏悔，告罪。然后，预备一刀了断自己！如果我在她内心不是那么重要，她何至于发现我是展家的人，就绝望到不想活了？她真正震撼我的地方就在这儿，不是她刺我一刀，而是我这个人，主宰了她的生命！我只要一想到她可以因为我是展云飞而死，我就可以为她死！"

"你又说得这么严重！用这么强烈的字眼！"梦娴被这样的感情吓住了。

"因为，对我而言，感情就是这样强烈的！她那样一个柔柔弱弱的姑娘，可以用她的生命来爱……雨鹃，她也震撼我，因为她用她的生命来恨！她们是一对奇怪的姊妹，被我们展家的一把火，烧出两个火焰一样的人物！又亮又热，又灿烂，又迷人，又危险！"

"对呀！就是'危险'这两个字，我听起来心惊胆战，她会捅你一刀，你怎么能娶她呢？如果做了夫妻，她岂不是随时可以给你一刀？"

云飞累了，沮丧了，失望地说：

"我跟你保证，她不会再捅我了！"

"我好希望你能够幸福！好希望你有个甜蜜的婚姻，有个很可爱的妻子，为你生儿育女……但是，这个雨凤，实在太复杂了！"

"没办法了！我现在就要这个'复杂'，要定了！但是……"他痛苦地一仰头，"我的问题是，她不要我！她恨死了展云飞！我的重重关卡，还一关都没过！所以，娘，你先别为了我'娶她'之后烦恼，要烦恼的是，怎样才能'娶她'！"

一声门响，两个人都住了口。

进来的是阿超。他的神色兴奋，眼睛闪亮。云飞一看到他，就整个人都紧张起来了：

"怎样？你见到雨凤了吗？不用避讳我娘了，娘都知道了！"

"我见到了！"

"她怎样？"云飞迫切地问。

"她又瘦又苍白，不怎么样！雨鹃姑娘拦着门，拿扫把打我，不让我见她，对我一阵乱吼乱叫，骂得我狗血淋头，结果……"

"结果怎样？"云飞急死了。

"我一气，就回来了！"

云飞瞪大眼睛，失望得心都沉进了地底：

"哎！你怎么这么没用？"

阿超嘻嘻一笑，从口袋中取出一张信笺，递了过去：

"对我有点信心好不好？做你的信差，哪次交过白卷呢？她要我把这个交给你！"

云飞瞪了阿超一眼，一把抢过信笺，急忙打开。

信笺上，娟秀的笔迹，写着四句话：

忆了千千万，恨了千千万，
毕竟忆时多，恨时无奈何！

云飞把信笺往胸口紧紧一压，狂喜地倒上床：

"真是一字千金啊！"

阿超笑了。

梦娴对这样的爱，不能不深深地震撼了。那个"复杂"、会唱歌、会编曲、会拿刀捅人、会爱会恨，还是"诗意"的、"文学"的她到底是个怎样的姑娘啊！

这个姑娘，每晚在待月楼，又唱又跳，娱乐佳宾。

这晚，待月楼依旧宾客盈门，觥筹交错。

在两场表演中间的休息时间，雨凤姊妹照例都到郑老板那桌去坐坐。现在，她们和郑老板的好友们，已经混得很熟了。在郑老板有意无意的示意下，大家对这两姊妹也有一些忌讳，不再像以前那样动手动脚了。

郑老板和他的客人们已经酒足饭饱，正在推牌九。赌兴正酣，金银花站在一边，吆喝助阵。雨凤、雨鹃两姊妹作陪，还有一群人围观，场面十分热闹。郑老板已经赢了很多钱。

桌上的牌再度开牌，郑老板坐庄，慢慢地摸着牌面，看他的底牌。面上的一张牌是"虎牌"。所谓虎牌，就是十一点，牌面是上面五点，下面六点。

雨鹃靠在郑老板肩上，兴高采烈地叫着：

"再一张虎牌！再一张虎牌！"

"不可能的！哪有拿对子那么容易的！"高老板说。

"看看雨鹃这金口灵不灵？"郑老板呵呵笑着。他用大拇指压着牌面，先露出上面一半，正好是个"五点"！全场哗然。

"哈哈！不是金口，也是银口！一半已经灵了！"金银花说。

郑老板再慢吞吞地开下一半，大家都伸长了脑袋去看。

"来个四点，正好是瘪十！"许老板喊。

"四点！四点！"赌客们叫着。

"瘪十！瘪十！瘪十……"高老板喊。

大家各喊各的，雨鹃的声音却特别响亮，她感染着赌钱的刺激，涨红了脸，兴奋地喊着：

"六点……六点……六点……一定是六点！虎儿来！虎儿来！虎儿到！虎儿到……"

郑老板看牌，下面一半，赫然是个"六点"。

啪的一声，郑老板把牌重重掷下，大笑抬头：

"真的是虎儿来，虎儿到！虎牌！"他看看其他三家："对不起，通吃！"

桌上的钱，全部扫向郑老板。围观者一片惊叹声。

"郑老板，你今晚的手气简直疯了！"高老板说。

许老板输得直冒汗，喊：

"雨鹃，你坐到我旁边来，好不好？也带点好运给我嘛！"

金银花笑得花枝乱颤，说：

"雨鹃，你过去，免得他输了不服气！"

雨鹃看了郑老板一眼，身子腻了腻。

"我不要……人家喜欢看兴家的牌嘛！"

郑老板大笑，高兴极了，拍拍她的手背：

"你是我的福星，就坐这儿！"他把一张钞票塞进雨鹃的衣领里："来，给你吃红！"

雨鹃收了钞票，笑着：

"下面一把，一定拿皇帝！"

"再拿皇帝，我们大家都不要赌了，散会吧！"许老板叫。

"好嘛！好嘛！那就拿个大牌好了！"雨鹃边笑边说。

郑老板被逗得开心大笑。

雨凤什么话都不说，安安静静地坐在那儿，看着雨鹃。一脸的难过。

大家又重新洗牌，正在赌得火热，欢欢喜喜的时候，忽然，一个声音嚣张地响了起来：

"小二！小二！先给我拿一壶陈绍，一壶花雕来！那酱牛肉、腰花、猪蹄、鸡翅膀、鸭舌头、豆腐干、葱烤鲫鱼……通通拿来！快一点！"

所有的人都回头去看。只见云翔、天尧，带着四五个随从，占据了一张大桌子，正在那儿呼三喝四。

雨鹃身子一挺，雨凤僵住。姊妹俩的脸孔都在一瞬间转白。

金银花警告地看了姊妹俩一眼，立即站起身来，眉开眼笑地迎向云翔：

"哟！今晚什么风，把展二爷给吹来了？赶快坐坐坐！"

她回头喊："小范，叫厨房热酒！珍珠、月娥，上菜啊！有什么就去给我拿什么上来，没有什么就去给我做什么！大家动作快一点，麻利一点！"

珍珠、月娥、小范一面高声应着，一面走马灯似的忙碌起来。

云翔看看金银花，看看郑老板那桌，大声地说：

"不知道可不可以请两位萧姑娘，也到我们这桌来坐一坐？"

郑老板眼光一沉。雨鹃和雨凤交换了一个注视。郑老板歪过头去，看雨鹃：

"你怎么说？要我帮你挡了吗？"

雨鹃眼珠一转，摇摇头，很快地说：

"不用了。我过去！"

"不许闹事！"郑老板压低声音。

"我知道。"

雨鹃起身，雨凤立刻很不放心地跟着起身：

"我跟你一起去！"

郑老板抬头，对屋角一个大汉使了一个眼色，立即，有若干大汉不受注意地，悄悄地散立在云翔那桌的附近。

天尧眼观四面，耳听八方，对云翔低声说：

"伏兵不少，你收敛一点！"

云翔顿时莫名其妙地兴奋起来：

"唔，很好玩的样子！有劲！"

姊妹俩过来了，雨鹃已经理好自己纷乱的情绪，显得镇定而且神采奕奕，对云翔嘻嘻一笑，清脆地说：

"我老远就听到有鸟叫，叫得吱呀吱的，我还以为有人在打猎，猎到夜枭还是猫头鹰什么的，原来是你展某人来了！"

她伸手就去倒酒，抬眼看众人："好像都见过面哦！几个月以前，寄傲山庄的一把火，大家都参加过，是不是？我敬各位一杯。祝大家夜里能够睡得稳，不会做噩梦！家宅平安，不会被一把野火烧得一干二净！"

雨鹃举杯一口干了，向大家照照杯子，再伸手去倒酒。

天尧和满桌的人，都惊奇地看着她，不知该如何反应。

云翔被这样的雨鹃吸引着，觉得又是意外，又是刺激，仰头大笑：

"哈哈！火药味挺重的！见了面就骂人，太过分了吧！我今晚可是来交朋友的！来来来，不打不相识，我们算是有缘！我倒一杯酒，敬你们姊妹两个！这杯酒干了，让我们化敌为友，怎么样？"他抬头，一口干了杯子。

雨凤瞪着他，尽管拼命努力克制着自己，仍然忍不住冲口而出：

"你为什么不在自己的树洞里，好好地躲着，一定要来招惹我们呢？表示你很有办法，有欺负弱小的天才吗？对着我们姊妹两个，摇旗呐喊一下，会让你成英雄吗？看着别人痛苦，是你的享受吗？"

云翔怔了怔，又笑：

"哟，我以为只有妹妹的嘴巴厉害，原来这姊姊的也不弱！"他举杯对雨凤，嬉皮笑脸地："长得这么漂亮，又会说、又会唱，怪不得会把人迷得神魂颠倒！其实，哥哥弟弟是差不多的，别对我太凶哟！嫂子！"

这"嫂子"二字一出，姊妹俩双双变色。雨凤还来不及说什么，雨鹃手里的酒，已经对着云翔泼了过去。

云翔早有防备，一偏身就躲过了，顺手抓住了雨鹃的手腕：

"怎么？还是只有这一招啊！金银花，你应该多教她几招，不要老是对客人泼酒！这酒吗，也挺贵的，喝了也就算了，泼了不是太可惜吗？"

金银花急忙站起身，对雨鹃喊：

"雨鹃！不可以这样！"又转头对云翔，带笑又带嗔地说："不过，你每次来，我们这儿好像就要遭殃，这是怎么回事呢？你是欺负咱们店小，还是欺负咱们没有人撑腰呢？没事就来我们待月楼找找麻烦，消遣消遣，是不是？"

另一桌上，郑老板谈笑自若地和朋友们继续赌钱，眼角不时瞟过来。

云翔仍然紧握住雨鹃的手腕，对金银花一哈腰，笑容满面地说：

"千万不要动火！我们绝对不敢小看待月楼，更不敢跑来闹事！我对你金银花，或者是郑老板，都久仰了！早就想跟你们交个朋友！今晚，面对美人，我有一点儿忘形，请原谅！"

金银花见他笑容满面，语气祥和，就坐了回去。

雨鹃忽然斜睨着他，眼珠一转，风情万种地笑了起来：

"你抓着我的手，预备要抓多久呢？不怕别人看笑话，也不怕我疼吗？"

云翔凝视她：

"嗬！怎么突然说得这么可怜？我如果松手，你大概会给我一耳光吧？"

雨鹃笑得好妩媚：

"在待月楼不会，我答应过金大姊不闹事。在什么荒郊野外，我就会！"

云翔抬高了眉毛，稀奇地说：

"这话说得好奇怪，很有点挑逗的意味，你不是在邀我去什么荒郊野外吧？"

"你哪里敢跟我去什么荒郊野外，你不怕我找人杀了你？"雨鹃笑得更甜了。

"我看你确实有这个打算！是不是？你不怕在你杀我之前，我先杀了你？"

雨凤听得心惊胆战，突然一唬地站起身来：

"雨鹃，我们该去换衣服，准备上场了！"

金银花慌忙接口：

"是啊是啊！赶快去换衣服！"

雨鹃站起身，回头看云翔，云翔就松了手。雨鹃抽回手的时候，顺势就在他手背上，轻轻一摸。接着，嫣然一笑，转身去了。

　　云翔看着她的背影，心底，莫名其妙地兴奋起来。

　　两姊妹隐入后台，郑老板已经站在云翔面前，笑着喊：

　　"金银花！今晚，展二爷这桌酒，记在我的账上，我请客！展二爷，刚刚听到你说，想跟我交个朋友！正好，我也有这个想法。怎样？到我这桌来坐坐吧！有好多朋友都想认识你！"

　　云翔大笑，站起身来：

　　"好啊！看你们玩得高兴，我正手痒呢！"

　　"欢迎参加！"郑老板说。

　　天尧向云翔使眼色，示意别去，他只当看不见，就大步走到郑老板桌来。郑老板开始一一介绍，大家嘻嘻哈哈，似乎一团和气。云翔落座，金银花也坐了回来，添酒添菜。小范、珍珠、月娥围绕，一片热闹。大家就赌起钱来。

　　雨凤和雨鹃回到化妆间，雨凤抓住雨鹃的手，就激动万分地说：

　　"你在做什么？勾引展夜枭吗？这一着棋实在太危险，我不管你心里怎么想的，不管你有什么计划，你都给我打消！听到没有？你想想，那个展夜枭是白痴吗？他明知道我们恨不得干掉他，他怎么会上你的当呢？你会吃大亏的！"

　　雨鹃挣开她的手，去换衣服，一边换，一边固执地说：

　　"不入虎穴，焉得虎子！"

雨凤更急了，追过来说：

"雨鹃！不行不行呀！你进了虎穴，会被吃得骨头都不剩，别说虎子了，什么'子'都得不到的！那个展夜枭，什么样的女人没见过，家里还有一个以漂亮出名的太太……他不会对你动心的，他会跟你玩一个'危险游戏'，弄不好，你就赔了夫人又折兵！"

雨鹃抬头看她，眼睛闪亮，神情激动，意志坚决：

"我不管！只要他想玩这个'危险游戏'，我就有机会！"

她四周看看，把手指压在唇上："这儿不是谈话的地方，我们不要谈了，好不好？你不要管我，让我赌它一场！"

雨凤又急又痛又担心：

"这不是一场赌，赌，有一半赢的机会！这是送死，一点机会都没有！还有……"她压低声音说，"你跟郑老板又在玩什么游戏？你不知道他大老婆小老婆一大堆，年纪比我们爹小不了多少，你到底在想些什么？做些什么？"

"嘘！不要谈了！你怎么还不换衣服？来不及了！"

雨凤感到伤心、忧虑，而且痛楚：

"雨鹃，我好难过，因为……我觉得，你在堕落。"

雨鹃猛地抬头，眼神凌厉：

"是！我在堕落！因为这是一个很残酷的世界，要生存，要不被别人欺压凌辱，只能放弃我们那些不值钱的骄傲，那些叫作'尊严'什么的狗屁东西……为达目的，不择手段！"

雨凤睁大眼睛看她，觉得这样的雨鹃好陌生：

"你觉得，如果爹还在世，他会允许我们堕落吗？"

"别提爹！别说'如果'！不要被你那个有'如果论'的人所传染！'如果'是不存在的！我们的爹，也不存在了！但是……"她贴到雨凤耳边，低低地，阴沉沉地说，"那个杀爹的凶手却存在，正在外面喝酒作乐呢！"

雨凤激灵灵地打了个寒颤。

雨鹃抬头一笑，眼中隐含泪光：

"你快换衣服，我们上台去，让他们乐上加乐吧！"

于是，姊妹俩压制住了所有的心事，上了台，唱了一段《梁山伯与祝英台》里的《十八相送》。照例把整个大厅，唱得热烘烘。这晚的雨鹃特别卖力，唱作俱佳，眼光不住地扫向郑老板那桌，引得全桌哄然叫好。郑老板和云翔，都不由自主地停止了赌钱，凝视着台上。

云翔大声喝彩，忍不住赞美：

"唱得真好，长得也真漂亮！身段好、声音好、表情好……唔，有意思！怪不得轰动整个桐城！"

郑老板微笑地盯着他：

"待月楼有这两个姑娘，真的是生色不少！可是，找麻烦的也不少，争风吃醋的也不少……"

云翔哈哈一笑，接口：

"有郑老板撑着，谁还敢老虎嘴里拔牙呢？"

郑老板也哈哈一笑：

"好说！好说！就怕有人把我当纸老虎呢！"

两人相视一笑，都明白了对方的意思。

台上的雨凤雨鹃，唱完最后一段，双双携手，再对台下鞠躬。在如雷的掌声中，退进后台去了，郑老板对金银花低语了一句，金银花就跟到后台去了。

郑老板这才和云翔继续赌钱。

云翔的手气实在不错，连赢了两把，乐得开怀大笑。

雨凤雨鹃穿着便装出来了。郑老板忙着招手：

"来来来！你们两个！"

姊妹俩走到郑老板身边，雨凤坐下。雨鹃特别选了一个靠着云翔的位子坐下。郑老板就正色地说：

"听我说，雨凤雨鹃，今天我做个和事佬，你们卖我个面子，以后和展家的梁子，就算过去了！你们说怎样？"

两姊妹还没说话，金银花就接了口：

"对呀！这桐城，大家都知道，'展城南，郑城北'，几乎把一个桐城给分了！今天在我这个待月楼里，我们来个'南北和'！我呢，巴不得大家都和气气，轮流在我这儿做个小东，你们开开心心，我也生意兴旺！"

郑老板笑了：

"金银花这算盘打得真好！重点在于要'轮流做东'，大家别忘了！"

满桌的客人都大笑起来，空气似乎融洽极了。云翔就笑嘻嘻地去看雨鹃：

"你怎么说呢？要我正式摆酒道歉吗？"

雨鹃笑看郑老板，又笑看云翔：

"这就为难我了！我要说不呢，郑老板会不高兴，我要说好呢，我自己会怄得口吐鲜血、一命呜呼……"

"有这么严重吗？"云翔问。

"怎么不严重！"雨鹃对着他一扬眉毛，就唱着小调，唱到他脸上去，"冤家啊……恨只恨，不能把你挫磨成粉，烧烤成灰！"

云翔被惹得好兴奋，伸手就去搂她：

"唱得好！如果真是你的'冤家'，就只好随你蒸啊煮啊，烧啊烤啊，煎啊炸啊……没办法了！"

大家都哄笑起来，雨鹃也跟着笑，郑老板就开心地说：

"好了！笑了笑了！不管有多大的仇恨，一笑就都解决了！金银花，叫他们再烫两壶酒来！我们今晚，痛痛快快地喝一场！"

"再高高兴兴地赌一场！"云翔接口。

顿时间，上酒的上酒，洗牌的洗牌，一片热闹。

雨鹃在这一片热闹中，悄悄地将一张小纸条，塞进云翔手中。在他耳边，低语了一句：

"回去再看，要保密啊！"

云翔一怔，看着风情万种的雨鹃，整个人都陷进了亢奋里。他哪里能等到回家，趁去洗手间的时候，就打开了雨鹃的纸条，只见上面写着：

"明天午后两点，在城隍庙门口相候，敢不敢一个人前来？"

云翔笑了，兴奋极了：

"哈！这是一个'猫捉老鼠'的游戏！她以为她是猫，想捉我这只老鼠！她根本不知道，我才是猫，准备捉她这只老鼠！有意思！看看谁厉害！”

云翔回到桌上，给了雨鹃一个"肯定"的眼色。

雨凤看得糊里糊涂，一肚子的惊疑。

13

这天深夜，回到家里，姊妹两个都是心事重重。雨鹃坐在镜子前面，慢吞吞地梳着头发，眼光直直地看着镜中的自己，眼神深不可测。雨凤盯着她，看了好久好久，实在熬不住，走上前去，一把握住她的肩：

"雨鹃！你有什么计划？你告诉我！"

"我没有什么计划，我走一步算一步！"

"那……你要走哪一步？"

"还没想清楚！我会五六步棋同时走，只要有一步棋走对了，我就赢了！"

"如果你通通输了呢？"雨凤害怕地喊。

雨鹃好生气，把梳子往桌上一扔：

"你说一点好话好不好？"

雨凤一把拉住她，哀恳地喊：

"雨鹃！我们干脆打消复仇的念头吧！那个念头会把我们

全体毁灭的！"

"你这是什么意思？"

雨凤抓着她的胳臂，激动地摇了摇：

"你听我说！自从爹去世以后，我们最大的痛苦，不是来自生活的艰难，而是来自我们的仇恨心，我们的报复心！我们一天到晚想报仇，但是，又没有报仇的能力和方法，所以，我们让自己好苦恼。有时，我难免会想，假若我们停止去恨，会不会反而解救了我们，给我们带来海阔天空呢？"

雨鹃迎视雨凤，感到不可思议，用力地说：

"你在说些什么？停止仇恨！仇恨已经根深蒂固地在我的血里、我的生命里！怎么停止？要停止这个仇恨，除非停止我的生命！要我不报仇，除非让我死！"

雨凤震动极了，雨鹃愤怒地质问：

"你已经不想报仇了，是不是？你宁愿把火烧寄傲山庄的事，忘得干干净净，是不是？"

"不是！不是！"雨凤摇头，悲哀地说，"爹的死，正像你说的，已经烙在我们的血液里、生命里，永远不会忘记！可是，报仇是一种实际的行动，这个行动是危险的，是有杀伤力的，弄得不好，仇没报成，先伤了自己！何况，弟妹还小，任何鲁莽的行为，都会连累到他们！我自己有过一次鲁莽的行为，好怕你再来一次！"

"你放心吧！我不会像你那样，弄得乱七八糟！"

"可是，你已经把自己变成了另外一个人！我看着你对郑老板送秋波，又看到你对那个展夜枭卖弄风情，我都不知道你在做什么，只知道一件事，我快要心痛得死掉了，我不要我的妹妹变成这样！我喜欢以前那个纯真快乐的萧雨鹃！让那个雨鹃回来吧！我求求你！"

雨鹃眼中含泪了，激烈地说：

"那个雨鹃早就死掉了！在寄傲山庄着火的那一天，就被那把火烧死了！再也没有那个萧雨鹃了！"

"有的！有的！"雨凤痛喊着，"你的心里还有温柔，你对弟妹还有爱心！我们让这份爱扩大，淹掉那一份恨，我们说不定会得救，说不定会活得很好……"

"那个展夜枭如此得意，如此张狂，随时出现在我们的面前，把我们像玩物一样地逗弄一番，我们这样忍辱偷生，怎么可能活得很好？"

"或者，我们可以换一个职业……"

"不要说笑话了！或者，我们可以去绮翠院！还有一条路，你可以嫁到展家去，用展家的钱来养活弟妹！"

雨凤一阵激动：

"你还在对我这件事怄气，是不是？我赌过咒，发过誓，说了几千几万次，我不会嫁他，你就是不信，是不是？"

"反正，我看你最后还是逃不出他的手掌心！你敢说你现在不爱他，不想他吗？"

"我们不要把话题岔开，我们谈的不是我的问题！"

"怎么不是你的问题？我们谈的是我们两个的问题！你有你的执迷不悟，我有我的执迷不悟，我们谁也劝不了谁！所以，别说了！"

雨凤无话可说了。姊妹俩上了床，两个人都翻来覆去，各人带着各人的执迷不悟，各人带着各人的煎熬痛楚，眼睁睁地看着窗纸被黎明染白。

早上，有人敲门，雨凤奔出去开门。门一开，她就怔住了。门外，赫然站着云飞和阿超。

雨凤深吸口气，抬头痴望云飞，不能呼吸了，恍如隔世。他来了！他终于来了！

云飞注视她，低沉而热烈地开了口：

"雨凤！总算……又见到你了！"

雨凤只是看着他，眼里，凝聚着渴盼和相思，嘴里，却不能言语。

"你好吗？"云飞深深地，深深地凝视她，"不好，是吗？你瘦多了！"

雨凤的心，一阵抽搐，眼泪立刻冲进眼眶：

"你才瘦了，你……怎么又跑出来了？为什么不多休息几天？伤口怎样？"

"见到你，比在床上养伤，有用多了！"

雨鹃在室内喊：

"谁来了？"

雨鹃跑出来，在她身后，小三、小四、小五通通跟着跑了出来。小五一看到云飞，马上热烈地喊：

"慕白大哥，你好久没来了！小兔儿一直在想你呢！"

"是吗？"云飞走进门，激动地抱了抱小五，"小兔儿跟你怎么说的？"

"它说：慕白大哥怎么不见了呢？是不是去帮我们打妖怪去了！"

"它真聪明！答对了！"云飞看到小五真情流露，心里安慰极了。

小四一看到阿超，就奔了过去。

"小四！怎么没去上学？"阿超问。

"今天是十五，学校休息。"

"瞧我，日子都过糊涂了！"阿超敲了自己一下。

"我跟你说，那个箭靶的距离是真的不够了，我现在站在这边墙根，几乎每次都可以射中红心！这样不太刺激，不好玩了！"小四急急报告。

"真的吗？那我们得把箭靶搬到郊外去，找一个空地，继续练！现在不只练你的准确度，还要练你的臂力！"

"身上的伤好了没有？"小四关心地看他。

"那个啊，小意思！"

阿超就带着小四去研究箭靶。

小三跑到云飞面前，想和云飞说话，又有一点迟疑，回头看雨鹃，小声地问：

"可以跟他说话吗？到底他是苏大哥，还是展混蛋？"

雨鹃一怔，觉得好困扰。还来不及回答，云飞已诚恳地喊：

"小三、小四、小五，你们都过来！"

小五已经在云飞身边了，小三和小四采取观望态度，不住看看雨鹃，看看云飞。

"我这些天没有来看你们，是因为我生病了！可是，我一直很想你们，一直有句话要告诉你们，不管我姓什么，我就是你们认识的那个慕白大哥！没有一点点不同！如果你们喜欢过他，就喜欢到底吧！我答应你们，只要你们不排斥我，我会是你们永远的大哥！"云飞真挚已极地说。

小三忍不住接口了：

"我知道，你是苏慕白，你写了一本书：《生命之歌》！大姊每天抱着看，还背给我们听！我知道你不是坏人！大姊说，能写那本书的人，一定有一颗善良的心！"

云飞一听，震动极了，回头去热烈地看雨凤，四目相接，都有片刻心醉神驰。

小四走到云飞身前，看他：

"我听阿超说了，你们都被暗算了！两个人都受了伤。你住在这样一个地方不是很危险吗？你的伤口好了没有？"

云飞好感动：

"虽然没有全好，但是已经差不多了！"

雨鹃看到这种状况，弟妹们显然没办法去恨云飞，这样敌友不分，以后要怎么办？她一阵烦恼，不禁一叹。

云飞立刻向她迈了一步，诚心诚意地说：

"雨鹃！就算你不能把我当朋友，最起码也不要把我当敌人吧！好吗？你一定要了解，你恨的那个人并不是我！知道寄傲山庄被烧之后，我的懊恼和痛恨跟你们一样强烈！这些日子跟你们交朋友，我更是充满了歉意，这种歉意让我也好痛苦！如果不是那么了解你们的恨，我也不会隐姓埋名。我实在是有我的苦衷，不是要欺骗你们！"

雨鹃好痛苦。事实上，听过阿超上次的报告，她已经很难去恨云飞了。但是，要她和一个展家的大少爷"做朋友"，实在是"强人所难"。一时之间，她心里伤痛而矛盾，只能低头不语。

雨凤已经热泪盈眶了。

云飞看到雨鹃不说话，脸上，依旧倔强。就叹了口气，回头看雨凤：

"雨凤！我们出去走走，好不好？有好多话想跟你谈一谈！"

雨凤眼睛闪亮，呼吸急促，跑过去握住雨鹃的手，哀求地问：

"好不好？好不好？"

"你干吗问我？"雨鹃一甩手，跑到屋里去。

雨凤追进屋里，拉住她：

"要不然，我回来之后，你会生气呀！大家都会不理我呀！我受不了你们大家不理我！受不了你说你们大家的分量赶不上一个他！"她痛定思痛，下决心地说："我跟你说，我再见他这一次就好！许多话必须当面跟他说清楚不可！见完这一次，我就再也不见他了。我去跟他了断！真的！"

雨鹃悲哀地看着她：

"你了断不了的！见了他，你就崩溃了！"

"我不会！我现在已经想清楚了，我知道我跟他是没有未来的！我都明白了！"

雨鹃叹了口气：

"随你吧！全世界都敌友不分，我自己也被你们搞得糊里糊涂！只好各人认自己的朋友，报自己的仇好了，我也不管了！"

雨凤好像得到皇恩大赦一般：

"那……我出去走走，尽快回来！"

雨鹃点头。雨凤就跑出去，拉着云飞：

"我们走吧！"

他们又去了西郊的玉带溪畔。

两人站在大树下，相对凝视，久久，久久。

云飞眼中燃烧着热情，不能自已。终于将她拥进怀中，紧紧地抱着：

"从来没有觉得日子这么难挨过！好想你，真的，好想好想你！"

她融化在这样的炙热里，片刻，才挣脱了他：

"你的伤，到底怎样？阿超说你再度流血，我吓得魂都没有了！你现在跑出来，有没有关系？大夫怎么说？"

"如果我告诉你，我完全好了，那是骗你的！我还是会痛，想到你的时候，就痛得更厉害！不想到你的时候很少，所以一直很痛！"

她先还认真地听，听到后面，脸色一沉：

"难得见一面，你还要贫嘴！"

他脸色一正，诚恳地说：

"没有贫嘴，是真的！"

她心中酸楚，声音哽咽：

"你这个人真真假假，我实在不知道你哪句话是真的，哪句话是假的？实在不知道应不应该相信你！"

云飞激动地把她的双手合在自己手中：

"这些日子，我躺在床上，想了很多很多事情。我好后悔，应该一上来就对你表明身份，不该欺骗你！可是，当时我真的不敢赌！好怕被你们的恨，砍杀得乱七八糟，结果，还是没有逃过你这一刀！"

她含泪看他，不语。

"原谅我了没有？"他低声地问。

她愁肠百结，不说话。

"你写了二十个字给我，我念了两万遍。你所有的心事，我都念得清清楚楚。"他把她的手拉到胸前，一个激动，喊，"雨凤，嫁我吧！我们结婚吧！"

她大大一震：

"你说什么？我怎么可能嫁你？怎么可能结婚？"

"为什么不可能？"

雨凤睁大眼睛看着他，痛楚地提高了声音：

"为什么不可能？因为你姓展！因为你是展家的长子，展家的继承人！因为我不可能走进展家的大门，我不可能喊你的爹为爹，认你的娘为娘，把展家当自己的家！你当初不敢告诉我你姓展，你就知道这一点！今天，怎么敢要求我嫁给你！"

云飞痛苦地看着她，迫切地说：

"如果我们在外面组织小家庭呢？你不需要进展家大门，我们租个房子，把弟弟妹妹们全接来一起住！这样行不行呢？"

"这样，你就不姓展了吗？这样，我就不算是展家的媳妇了吗？这样，我就逃得开你的父母，和你那个该死的弟弟吗？不行！绝对不行！"

"我知道了，你深恶痛绝的，是我这个姓！你认识我的时候，我姓苏，你希望我永远姓苏！"

"好遗憾，你不姓苏！"

云飞急了，正色说：

"雨凤，你也读过书，你知道，中国人不能忘本，天下无不是的父母。你不会爱一个不认自己父母的男人！如果我连父母都可以不认，我还值得你信赖吗？"

"我们不要谈信赖与不信赖的问题，这个问题离我们太遥远了！坦白说，我今天再跟你见这一面，是要来跟你做个了断的！"

"什么？了断？"他大吃一惊。

"是啊！这真的是最后一次见你了！我要告诉你，并不是我恨你，我现在已经不恨了！我只是无可奈何！在你这种身份之下，我没有办法跟你谈未来，只能跟你分手……"

"不不！这是不对的！"他急切地打断了她，"人生的道路，不能说走不通就停止不走了！我和你之间，没有'了断'这两个字，已经相遇，又相爱到这个地步，如何'了'？如何

'断'？我不跟你了断，我要跟你继续走下去！"

她着急，眼中充泪了：

"哪有路可走？在你受伤这段日子里，我也想过几千几万遍了！只要你是展家人，我们就注定无缘了！"

她凝视着他，眼神里是万缕柔情千种恨，声音里是字字血泪，句句心酸："不要再来找我了，放掉我吧！你一次一次来找我，我就没有办法坚强！你让我好痛苦，你知道吗？真的真的好痛苦……真的真的……我不能吃，不能睡，白天还要做家事，晚上还要强颜欢笑去唱歌……"

云飞好心痛，紧紧地把她一抱：

"我不好，让你这么痛苦，是我不好！可是，请你不要轻易地说分手！"

她挣开了他，跑开去，眼泪落下：

"分手！是唯一的一条路！"

他追过去，急促地说：

"不是唯一的！我还有第三个提议，我说出来，你不要再跟我说'不'！"

她看着他。

"我们到南方去！在我认识你之前，我已经在南方住了四年，我们办杂志、写文章，过得悠游自在。我们去那儿，把桐城所有的是是非非，全体忘掉！虽然生活会苦一点，但是，就没有这些让人烦恼的牵牵绊绊了！好不好？"

雨凤眼中闪过一线希望的光。想一想，光芒又隐去了：

"把小三、小四、小五都带去吗？"

"可以，大家过得艰苦一点而已。"

"那……雨鹃呢？"

"只要她愿意，我们带她一起走！"

雨凤激动起来，叫：

"你还不明白吗？雨鹃怎么会跟我们两个一起走呢？她恨都恨死我，气都气死我，我这么不争气，会爱上一个展家的人！现在，还要她放弃这个我们生长的地方，我们爹娘所在的地方，跟你去流浪……这怎么可能呢？如果我跟她开口，她会气死的！"

"你离不开雨鹃吗？"他问。

雨凤震惊地、愤怒地一抬头，喊着：

"我离不开雨鹃！我当然离不开雨鹃！我们五个，就像一只手掌上的五个手指头！你说，手指头哪个离得开哪一个？你以为所有的兄弟姊妹，都像你家一样，会彼此仇恨，钩心斗角，恨不得杀掉对方吗？"

"你不要生气嘛！"

"你这么不了解我，我怎能不生气？"

"那……这也不成，那也不成，你到底要我怎么办？我急都快被你急死了，所有的智慧都快用完了！"

她低下头去，柔肠寸断了：

"所以，我说，只有一条路。"

"你在乎我的身份更胜于我这个人吗？"

"是。"

"你要逼我和展家脱离关系？"

"我不敢。我没有逼你做什么，我只求你放掉我！"

"我爹说过一句话，无论我怎样逃避，我身体里仍然流着展家的血液！"

"你爹说得很对，所以，我们只能到此为止了！"

"不可能到此为止的！你虽然嘴里这样说，你的心在说相反的话，你不会要跟我'了断'的！你和我一样清楚，我们已经再也分不开了！"

"只要你不来找我……"

"不来找你？你干脆再给我一刀算了！"

雨凤跺脚，泪珠滚落：

"你欺负我！"

"我怎么欺负你？"

"你这样一下子是苏慕白，一下子是展云飞，弄得我精神分裂，弄得雨鹃也不谅解我，弄得我的生活乱七八糟，弄得我不知道该怎么办，现在，你还要一句一句地逼我……你要我怎样？你不知道我实在走投无路了吗？"

云飞紧紧地抱住她，把她的头紧压在自己肩上，在她耳畔，低低地说：

"对不起！对不起！我这么'爱你'，真是对不起！我这么'在乎你'，真是对不起！我这么'离不开你'，真是对不起！我这么'重视你'，真是对不起！……最大最大的对不起，是我爹娘不该生我，那么，你就可以只有恨，没有爱了！"

雨凤倒在他肩上，听到这样的话，她心志动摇，神魂俱碎，简直不知身之所在了。

雨凤弄得颠三倒四，欲断不断。雨鹃也不见得好到哪里去。

这天下午，云翔准时来赴雨鹃的约会。

庙前熙熙攘攘，人来人往，十分热闹。

云翔骑了一匹马，踢踢踏踏而来。他翻身下马，把马拴在树上。大步走到庙前，四面张望，不见雨鹃的人影。他走进庙里，上香的人潮汹涌，也没看到雨鹃。

"原来跟我开玩笑，让我扑一个空！我就说，她怎么会有这么大的胆子，约我单独会面？"

云翔正预备放弃，忽然有个人影从树影中蹿出来，往他面前一站。

云翔定睛一看，雨鹃穿着一身的红，红衫红裤黑靴子，头上戴了一顶红帽子，艳光四射，帅气十足，令人眼睛一亮。

雨鹃灿烂地笑着：

"不简单！展二少爷，你居然敢一个人过来！不怕我有伏兵把你给宰了？看样子，这展夜枭的外号，不是轻易得来的！"

云翔忍不住笑了：

"哈！说得太狂了吧？好像你是一个什么三头六臂的妖怪一样，我会见了你就吓得屁滚尿流吗？你敢约我，我当然会来！"

"好极了！你骑了马来，更妙了！这儿人太多，我们去人少一点的地方，好不好？"

"你敢和我同骑一匹马吗？"

"求之不得！是我的荣幸！"雨鹃一脸的笑。

"嘴巴太甜了，我闻到一股'口蜜腹剑'的味道！"云翔也笑。

"怕了吗？"雨鹃挑眉。

"怕，怕，怕！怕得不得了！"云翔忍俊不禁。

两人走到系马处，云翔解下马来，跳上马背，再把雨鹃捞上来，拥着她，他们就向郊外疾驰而去。

到了玉带溪畔，四顾无人，荒野寂寂。云翔勒住马，在雨鹃耳边吹气，问：

"这算不算是'荒郊野外'了？"

"应该算吧！我们下来走走！"

两人下马，走到水边的草地上。

雨鹃坐下，用手抱着膝，凝视着远方。

云翔在她身边坐下，很感兴趣地看着她，不知道她下面要出什么牌。

不料雨鹃静悄悄地坐着，眼睛定定地看着前方，半晌，毫无动静。

云翔奇怪地仔细一看，她的面颊上竟然淌下两行泪。他有些惊奇，以为她有什么高招，没料到竟是这样楚楚可怜。她看着远方，一任泪珠滚落，幽幽地说：

"好美，是不是？这条小溪，绕着桐城，流过我家。它看着我出生，看着我长大。看着我家的生生死死，家破人亡……"她顿了顿，叹口气："坐在这儿，你可以听到风的声音、水的声音、树的声音，连云的流动，好像都有声音。我很小的时候，我爹就常常和我这样坐在荒野里，训练我听大自然的声音，他说，那是世界上最美丽的歌。"

云翔惊奇极了。这个落泪的雨鹃，娓娓述说的雨鹃，对他来说，既陌生，又动人。

雨鹃抬眼看他，轻声地说：

"有好久了，我都没有到郊外来，听大自然的声音了！自从寄傲山庄烧掉以后，我们家所有的诗情画意，就一起烧掉了！"

云翔看着她，实在非常心动，有些后悔：

"其实，对那天的事，我也很抱歉。"

她可怜兮兮地点点头，拭去面颊上的泪，哽咽着说：

"我那么好的一个爹，那么'完美'的一个爹，你居然把他杀了！"

"你把这笔账，全记在我头上了，是不是？"

她再点点头。眼光哀哀怨怨，神态凄凄楚楚。

"让我慢慢来偿还这笔债，好不好？"他柔声问，被她的样子眩惑了。

"如果你不是我的杀父仇人，我想，我很可能会爱上你！你又帅气，又霸气，够潇洒，也够狠毒……正合我的胃口！"

"那就忘掉我是你的杀父仇人吧！"他微笑起来。

"你认为可能吗？"她含泪而笑。

"我认为大有可能！"

她靠了过来，他就把她一搂。她顺势倒进他的怀里，大眼睛含泪含怨又含愁地盯着他。他凝视着她的眼睛，一副意乱神迷的样子。然后，他一俯头，吻住她的唇。

机会难得！雨鹃心里狂跳，一面虚与委蛇，一面伸手，去摸藏在靴子里的匕首。她摸到了匕首，握住刀柄，正预备抽刀而出，云翔的手，飞快地落下，一把紧紧扣住她的手腕。她大惊，还来不及反应，他已经把她的手用力一拉，她只得放掉刀柄。他把她的手腕抓得牢牢的，另一只手伸进去，抽出她靴子中那把匕首。

他盯着她，放声大笑：

"太幼稚了吧！预备迷得我昏头转向的时候，给我一刀吗？你真认为我是这么简单，这么容易受骗的吗？你也真认为，你这一点点小力气，就可以摆平我吗？你甚至不等一等，等到我们更进入情况，到下一个步骤的时候再摸刀？"

雨鹃眼睁睁看着匕首已落进他的手里，机会已经飞去，心里又气又恨又无奈又沮丧。但，她立即把自己各种情绪都压抑下去，若无其事地笑着说：

"没想到给你发现了！"

"你这把小刀，在你上马的时候，我就发现了！"

他看看匕首，匕首映着日光，寒光闪闪。刀刃锋利，显然是个利器！他把匕首一下子抵在她面颊上：

"你不怕我一刀划过去，这张美丽的脸蛋就报销了？"

她用一对水汪汪的大眼睛瞅着他，眼里闪着大无畏的光，满不在乎地：

"你不会这么做的！"

"为什么？"

"那就没戏好唱了，我们不是还有'下一个步骤'吗？何况，划了我的脸，实在不怎么高明，好像比我还幼稚！"

他忍不住哈哈大笑了：

"我劝你，以后不要用这么有把握的眼光看我，我是变化多端的，不一定吃你这一套！今天，算你运气，本少爷确实想跟你好好地玩一玩，你这美丽的脸蛋呢，我们就暂时保留着吧！"

他一边说着，用力一捧，那把匕首就飞进河水里去了：

"好了！现在，我们之间没那个碍事的东西，可以好好地玩一玩了！"

"嗯。"她风情万种地瞅着他。

他再度俯下头去，想吻她。她倏然推开他，跳起身子。他伸手一拉，谁知她的动作极度灵活，他竟拉了一个空。

她掉头就跑，嘴里格格笑着，边跑边喊：

"来追我呀！来追我呀！"

云翔拔脚就追，谁知她跑得飞快。再加上地势不平，杂草丛生，他居然追得气喘吁吁。她边跑、边笑、边喊：

"你知道吗？我是荒野里长大的！从小就在野地里跑，我爹希望我是男孩，一直把我当儿子一样带，我跑起来，比谁都快！来呀，追我呀！我打赌你追不上我……"

"你看我追得上还是追不上！"

两人一个跑，一个追。

雨鹃跑着，跑着，跑到系马处，忽然一跃，上了马背。

她一拉马缰，马儿如飞奔去。她在马背上大笑着，回头喊：

"我先走了！到待月楼来牵你的马吧！"说着，就疾驰而去。

云翔没料到她还有这样一招，看着她的背影，心痒难搔。又是兴奋，又是眩惑，又是生气，又是惋惜。不住跌脚咬牙，恨恨地说：

"怎么会让她溜掉了？等着吧！不能到手，我就不是展云翔！"

雨鹃回家的时侯，雨凤早已回来了。雨鹃冲进家门，一头的汗，满脸红红的。她直奔桌前，倒了一杯水，就仰头咕噜咕噜喝下。

雨凤惊奇地看她：

"你去哪里了？穿得这么漂亮？这身衣服哪儿来的？"

"金银花给我的旧衣服，我把它改了改！"

雨凤上上下下地看她，越看越怀疑：

"你到什么地方去了？"

"郊外！"

"郊外？你一个人去郊外？"她忽然明白了，往前一冲，抓住雨鹃，压低声音问，"难道……你跟那个展夜枭出去了？你昨晚鬼鬼祟祟的，是不是跟他订了什么约会？你和他单独见面了，是不是？"

雨鹃不想瞒她，坦白地说：

"是！"

雨凤睁大了眼睛，伸手就去摸雨鹃的腰，摸了一个空：

"你的匕首呢？发生什么事了？告诉我！"

雨鹃拨开她的手：

"你不要紧张，什么事都没有发生！"

"那……你的匕首呢？"

"被那个展夜枭发现了，给我扔到河里去了！"

雨凤抽了口气，瞪着她，心惊胆战：

"你居然单枪匹马，去赴那个展夜枭的约会，你会吓死我！为什么要去冒险？为什么这么鲁莽？到底经过如何，你赶快告诉我！"

雨鹃低头深思着什么，忽然掉转话题，反问雨凤：

"你今天和那个苏慕白谈得怎样？断了吗？"

"我们不谈这个好不好？"雨凤神情一痛。

"他怎么说呢？同意分手吗？"雨鹃紧盯着她。

"当然不同意！他就在那儿自说自话，一直要我嫁给他，提出好多种办法！"

雨鹃凝视了雨凤好一会儿，忽然激动地抓住她的手，哑声地说：

"雨凤，你嫁他吧！"

"什么？"雨凤惊问，不相信自己的耳朵。

雨鹃热切地盯着她，眼神狂热：

"我终于想出一个报仇的方法了！金银花是对的，要靠我这样花拳绣腿，什么仇都报不了！那个展夜枭不是一个简单的敌手，他对我早已有了防备，我今天非但没有占到便宜，还差一点吃大亏！我知道，我是真的没有办法了！"她摇了摇雨凤："可是，你有办法！"

"什么办法？"雨凤惊愕地问。

"你答应那个展云飞，嫁过去！只要进了他家的门，你就好办了！了解展夜枭住在哪里，半夜，你去放一把火，把他烧死！就算烧不死他，好歹烧了他们的房子！打听出他们放金银财宝的地方，也给他一把火，让他尝一尝当穷人的滋味！如果你不敢放火，你下毒也可以……"

雨凤越听越惊，沉痛地喊：

"雨鹃，你知道你在说什么吗？"

"我知道！我在教你怎么去报仇！好遗憾，那个展云飞爱上的不是我，如果是我，我一定会利用这个机会！既然他向你求婚，你就将计就计吧！"

雨凤身子一挺，挣脱了她，连退了好几步：

"不！你不是教我怎样报仇，你是教我怎样犯法，怎样做个坏人！我不要！我不要！我们恨透了展夜枭，因为他对我们用暴力，你现在要我也同流合污吗？"

"在爹那样惨死之后，你脑子里还装着这些传统道德吗？让那个作恶多端的人继续害人，让展家的势力继续扩大，就是行善吗？难道你不明白，除掉展夜枭，是除掉一个杀人凶手，是为社会除害呀！"雨鹃悲切地说。

"我自认很渺小，很无用，为'社会除害'这种大事，我没有能力，也没有魄力去做！雨鹃，你笑我也罢，你恨我也罢，我只想过一份平静平凡的生活，一家子能够团聚在一起，就好了！我没有勇气做你说的那些事情！"

雨鹃哀求地看着她：

"我不笑你，我也不恨你！我求你！只有你有这个机会，可以不着痕迹地打进那个家庭！如果我们妥善计划，你可以把他们全家都弄得很惨……"

雨凤激烈地嚷：

"不行！不行！你要我利用慕白对我的爱，去做伤害他的事，我做不出来！我一定一定做不出来！这种想法，实在太可怕了，太残忍了！雨鹃，你怎么想得出来？"

雨鹃绝望地一掉头，生气地走开：

"我怎么想得出来？因为我可怕，我残忍！我今天到了玉带溪，那溪水和以前一样清澈，反射着展夜枭的影子，活生生的！而我们的爹，连影子都没有！"

她说完，冲到床边，往床上一躺，睁大眼睛，瞪着天花板。

雨凤走过去，低头看着她，痛楚地说：

"看！这就是'仇恨'做的事，它不只在折磨我们，它也在分裂我们！"

雨鹃眼睛一眨不眨，有力地说：

"分裂我们的，不是'仇恨'！是那两个人！一个是哥哥，一个是弟弟！他们以不同的样子出现在我们面前，带给我们同样巨大的痛苦！你的爱，我的恨，全是痛苦！展夜枭说得很对！哥哥弟弟都差不多！"

雨凤被这几句话震撼了，一脸凄苦，满怀伤痛，什么话都说不出来了。

14

不管日子里有多少无奈，生活总是要过下去。

这晚，待月楼的生意依然鼎盛。姊妹俩准备要上台，正在化妆间化妆。今晚，两人把《小放牛》重新编曲，准备演唱。所以，一个打扮成牧童，一个打扮成娇媚女子，两人彼此帮彼此化妆，擦胭脂抹粉。

门帘一掀，金银花匆匆忙忙走进来，对雨凤说：

"雨凤，你那位不知道是姓苏还是姓展的公子，好久没来，今天又来了！还坐在左边那个老位子！我来告诉你一声！"

雨凤的心脏一阵猛跳，说不出是悲是喜。

"我前面去招呼，生意好得不得了！"金银花走了。

雨鹃看了雨凤一眼，雨凤勉强藏住自己的欣喜，继续化妆。

门帘又一掀，金银花再度匆匆走进，对雨鹃说：

"真不凑巧，那展家的二少爷也来了！他带着人另外坐了一桌，不跟他哥哥一起！在靠右边的第三桌！我警告你们，可不许再泼酒砸杯子！"

雨鹃愣了愣，赶紧回答：

"不会的！那一招已经用腻了！"

金银花匆匆而去。

雨凤和雨鹃对看。

"好吧！唱完歌，你就去左边，我就去右边！"雨鹃说。

"你还要去惹他？"雨凤惊问。

"不惹不行，我不惹他，他会惹我！你放心吧，我自有分寸！"

雨凤不说话，两人又忙着整装，还没弄好。门帘再一掀，金银花又进来了：

"我跟你们说，今晚真有点邪门！展祖望来了！"

"啊？"雨凤大惊。

"哪个展祖望？"雨鹃也惊问。

"还有哪个展祖望？就是盛兴钱庄的展祖望！展城南的展祖望！展夜枭和那位苏公子的老爹，这桐城鼎鼎有名的展祖望！"金银花说。

姊妹两个震撼着。你看我，我看你。

"那……那……他坐哪一桌？"雨凤结舌地问，好紧张。

"本来，兄弟两个分在两边，谁也不理谁，这一会儿，老爷子来了，兄弟两个好像都吓了一大跳，乱成一团。现在，一家子坐在一桌，郑老板把中间那桌的上位让给他们！"

雨凤、雨鹃都睁大眼睛，两人都心神不定，呼吸急促。

金银花瞪着姊妹两个，警告地说：

"待月楼开张五年，展家从来不到待月楼，现在全来了！看样子，都是为你们姊妹而来！你们给我注意一点，不要闹出任何事情，知道吗？"

雨凤、雨鹃点头。

金银花掀帘而去了。

姊妹两个睁大眼睛看着彼此。雨凤惶恐而抗拒地说：

"听我说！唱完歌就回来，不要去应酬他们！"

雨鹃挑挑眉，眼睛闪亮：

"你在害怕！你怕什么？他们既然冲着我们而来，我们也不必小里小气地躲他们！他们要看，就让他们看个够！来吧，我们赶快把要唱的词对一对！"

"不是唱《小放牛》吗？"

"是《小放牛》！可是，歌词还是要对一对！你怎么了？到底在怕什么？"

雨凤心不在焉，慌乱而矛盾：

"我怕这么混乱的局面，我们应付不了啊！"

雨鹃吸口气，眼神狂热：

"没有什么应付不了的！打起精神来吧！"

祖望是特地来看雨凤的。自从知道云飞为了这个姑娘，居然自己捅了自己一刀，他就决定要来看看，这个姑娘到底是何方神圣，有这么大的魅力？在他心底，对云飞这样深刻的爱，也有相当大的震撼。如果这个姑娘，真有云飞说的那么好，或者，也能说服他吧！他是抱着半信半疑的态度来的。和他同来的，还有纪总管。他却再也没有料到，云飞带着阿超在这儿，云翔带着天尧也在这儿！这个待月楼到底有什么魔力，把他两个儿子都吸引过来了？他心里困惑极了。

三路人马，会合在一处，好不容易，才坐定了。祖望坐在大厅中，不时四面打量，惊讶着这儿的生意兴隆，宾客盈门。云飞和云翔虽然都坐了过来，云飞是一副坐立不安的样子，云翔是一脸"唯恐天下不乱"的样子。纪总管、天尧、阿超都很安静。

珍珠和月娥忙着上菜上酒，金银花在一边热络地招呼着：

"难得展老爷子亲自光临，咱们这小店也没什么好吃的！都是粗菜，厨房里已经把看家本领都拿出来啦！老爷子就凑合着将就将就！"

祖望四面打量，心不在焉地客套着：

"好地方！好热闹！经营得真好！"

"谢谢，托您的福！"

"您请便，不用招呼我们！"

"那我就先忙别的去，要什么尽管说！月娥，珍珠！侍候着！"

"是！"月娥、珍珠慌忙应着。

金银花就返到郑老板那一桌上去，和郑老板低低交换了几句对话。

云飞脸色凝重，不时看台上，不时看祖望，心里七上八下，说不出的担心。

云翔却神采飞扬，对祖望夸张地说：

"爹！你早就应该来这一趟了！现在，几乎整个桐城，都知道这一对姊妹花，拜倒石榴裙下的也大有人在……"

他瞟了云飞一眼，话中有话："为了她们姊妹，争风吃醋，动刀动枪的也不少……"再瞟了云飞一眼，"到底她们姊妹的魅力在什么地方，只有您老人家亲自来看了，您才知道！"

云飞非常沉默，皱了皱眉，一语不发。

音乐响起，乐队开始奏乐。

客人们已经兴奋地鼓起掌来。

祖望神情一凛，定睛看着台上。云飞、云翔、阿超等人也都神情专注。

台上，扮成俊俏牧童的雨鹃首先出场。一亮相又赢得满场掌声。云翔忙着对祖望低低介绍：

"这是妹妹萧雨鹃！"

雨鹃看着祖望这一桌，神态自若，风情万种地唱着：

> 出门就眼儿花，咿得嘿咿得咿呀嘿！用眼儿瞧着那旁边的一个女娇娃，咿得咿呀嘿！头上戴着一枝花，身上穿着绫罗纱，杨柳似的腰儿一纤纤，小小的金莲半拃拃，我心里想着她，嘴里念着她，这一场相思病就把人害煞，咿得咿呀嘿！咿得咿呀嘿！

雨凤扮成娇滴滴的女子出场，满场再度掌声如雷。雨凤的眼光掠过中间一桌，满室一扫，掌声雷动。她脚步轻盈，纤腰一握，甩着帕子，唱：

> 三月里来桃花儿开，杏花儿白，木樨花儿黄，又只见芍药牡丹一齐儿开放，咿得咿呀嘿！行至在荒郊坡前，见一个牧童，头戴着草帽，身穿着蓑衣，口横着玉笛，倒骑着牛背，口儿里唱的都是莲花儿落，咿得咿呀嘿！

姊妹两个又唱又舞，扮相美极，满座惊叹。连祖望都看呆了。

云飞坐正了身子，凝视雨凤，雨凤已对这桌看来，和云飞电光石火地交换了一个注视。云翔偏偏看到了，对祖望微笑低声说：

"看到了吗？正向老大抛媚眼呢！这就是云飞下定决心，要娶回家的那个萧雨凤姑娘了！"

祖望皱眉不语。

台上一段唱完，客人如疯如狂，叫好声、鼓掌声不断，场面热闹极了。

"唱得还真不错！这种嗓子，这种扮相，就连北京的名角也没几个！在这种小地方唱，也委屈她们了，或者，她们可以到北京去发展一下！"祖望说。

云飞听得出祖望的意思，脸色铁青：

"你不用为她们操心了，反正唱曲儿，只是一个过渡时期，总要收摊子的！"

云翔接口：

"当然！成了展家的媳妇儿，怎舍得还让她抛头露面？跟每一个客人应酬来，应酬去，敬茶敬酒！"

祖望脸色难看极了。他见到雨凤了，美则美矣，这样抛头露面，赢得满场青睐，只怕早已到处留情。

云飞怒扫了云翔一眼。云翔回瞪了一眼，便掉头看台上，一副幸灾乐祸的样子。

台上的雨凤雨鹃忽然调子一转，开始唱另外一曲：

天上的娑罗什么人儿栽？地上的黄河什么人儿开？什么人把守三关口？什么人出家他没回来？咿呀嘿！什么人出家他没回来？咿呀嘿！（雨鹃唱）

天上的娑罗王母娘娘栽，地上的黄河老龙王开！杨六郎把守三关口，韩湘子出家他没回来！咿呀嘿！韩湘子他出家呀没回来！咿呀嘿！（雨凤唱）

赵州桥什么人儿修？玉石的栏杆什么人儿留？什么人骑驴桥上走？什么人推车就轧了一道沟？咿呀嘿！什么人推车就轧了一道沟？（雨鹃唱）

赵州桥鲁班爷爷修，玉石的栏杆圣人留，张果老骑驴桥上走，柴王爷推车就轧了一道沟！咿呀嘿！柴王爷推车就轧了一道沟！咿呀嘿！（雨凤唱）

姊妹两个唱作俱佳，风情万种，满座轰动。祖望也不禁看得出神了。

姊妹两个唱着唱着，就唱到祖望那桌前面来了。

雨凤直视着祖望，不再将视线移开，继续唱：

　　什么人在桐城十分嚣张？什么人在溪口火烧山
庄？什么人半夜里伸出魔掌？什么人欺弱小如虎如
狼？咿呀嘿！什么人欺弱小如虎如狼？咿呀嘿！

这一唱，展家整桌，人人变色。

祖望大惊，这是什么歌词？他无法置信地看着两姊妹。

云飞的脸色，顿时变白了，焦急地看着雨凤，可是，雨
凤根本不看他。她全神都灌注在那歌词上，眼睛凝视着祖望。

云翔也倏然变色，面红耳赤，怒不可遏。

阿超、纪总管和天尧更是个个惊诧。

金银花急得不得了，直看郑老板。郑老板对金银花摇头，
表示此时已无可奈何。

雨凤唱完了"问题"，雨鹃就开始唱"答案"。雨鹃刻意
地绕着祖望的桌子走，满眼亮晶晶地闪着光，一段过门之后，
她站定了，看着祖望，看着云翔，看着纪总管和天尧，一句
一句，清楚有力地唱出来：

　　那展家在桐城十分嚣张，姓展的在溪口火烧山
庄！展夜枭半夜里伸出魔掌，展云翔欺弱小如虎如
狼！咿呀嘿！展云翔欺弱小如虎如狼！咿呀嘿！

一边唱着，还一边用手怒指云翔。

大厅中的客人，从来没有看到这样的"好戏"，有的人深受展家欺凌，在惊诧之余，都感到大快人心，就爆出如雷的掌声，和疯狂叫好声。大家纷纷起立，为两姊妹鼓掌。简直达到群情激昂的地步，全场都要发疯了。

云翔勃然大怒，一拍桌子，站起身来就大骂：

"混蛋！活得不耐烦，一定要我砸场子才高兴，是不是？"

天尧和纪总管一边一个，使劲把他拉下来。

"老爷在，你不要胡闹！给人消遣一下又怎样？"纪总管说。

祖望脸色铁青，他活了一辈子，从来没有受过这么大的侮辱。他拂袖而起：

"纪总管，结账，我们走人了！"

雨凤雨鹃两个已经唱完，双双对台下一鞠躬，奔进后台去了。

金银花连忙过来招呼祖望，堆着一脸的笑说：

"这姊妹两个，不知天高地厚，老爷子别跟她们计较！待会儿我让她们两个来跟您道歉！"

祖望冷冷地抛下一句：

"不必了！咱们走！"

纪总管在桌上丢下一张大钞。云翔、天尧、云飞、阿超都站了起来。祖望在前，掉头就走。云翔、纪总管、天尧赶紧跟着走。

云飞往前迈了一步，对祖望说：

"爹，你先回去，我随后就到！"

祖望气极了，狠狠地看了云飞一眼，一语不发，急步而去了。

远远地，郑老板对祖望揖了一揖，祖望冷冷地还了一揖。

祖望走了，阿超看看云飞：

"这个时候留下来，你不计后果吗？"

"不计后果的岂止我一个？"云飞一脸的愠怒，满心的痛楚。如果说，上次在寄傲山庄的废墟，雨凤给了他一刀。那么，此时此刻，雨凤是给了他好几刀，他真的被她们姊妹打败了。

雨凤雨鹃哪儿有心思去想"后果"，能够这样当众羞辱了展祖望和展夜枭，两个人都好兴奋。回到化妆间，雨鹃就激动地握着雨凤的手，摇着，喊着：

"你看到了吗？那个展夜枭脸都绿了！我总算整到他了！"

"岂止展夜枭一个人脸绿了，整桌的人脸都绿了！"雨凤说。

"好过瘾啊！这一下，够这个展祖望回味好多天了！我管保他今天夜里会睡不着觉！"雨鹃脸颊上绽放着光彩。这是寄傲山庄烧掉以后，她最快乐的一刻了。

门口，一个冷冷的声音接口了：

"你们很得意，是吗？"

姊妹俩回头，金银花生气地走进来：

"你们姊妹两个，是要拆我的台吗？怎么那么多花样？变都变不完！你们怎么可以对展老爷子唱那些乱七八糟的东西？"

雨鹃背脊一挺：

"我没有泼酒，没有砸盘子，没有动手！他们来听小曲，我们就唱小曲给他们听！这样也不行吗？"

"你说行不行呢？你指着和尚骂贼秃，你说行不行？"

"我没有指着和尚骂贼秃，我是指着贼秃骂贼秃！从头到尾，点名点姓，唱的全是事实，没有冤他一个字！"

"嗬！比我说的还要厉害，是不是这意思？"金银花挑起眉毛，稀奇地说。

"本来嘛，和尚就是和尚，有什么该挨骂的？贼秃才该骂！他们下次来，我还要唱，我给他唱得街头巷尾，人人会唱，看他们的面子往哪儿搁！"

金银花瞪着雨鹃，简直啼笑皆非：

"你还要唱！你以为那个展祖望听你唱着曲儿骂他，听得乐得很，下次还要再来听你们唱吗？你们气死我！展祖望第一次来我们这儿，居然给你们碰了这样一鼻子灰！你们姊妹两个，谁想出来的点子？"

"当然是雨鹃嘛，我不过是跟着套招而已。"雨凤说。

一声门响，三个女人回头看，云飞阴郁地站在门口，脸色铁青。阿超跟在后面。

"我可以进来吗？"他的眼光停在雨凤脸上。

雨凤看到云飞，心里一虚，神情一痛。

金银花却如获至宝，慌忙把他拉进去：

"来来来！你跟她们姊妹聊一聊，回去劝劝老爷子，千万不要生气！你知道她们姊妹的个性，就是这样的！记仇会记一辈子，谁教你们展家得罪她们了！"

金银花说完，给了雨凤一个"好好谈谈"的眼光，转身走了。

雨鹃看到云飞脸色不善，雨凤已有怯意，就先发制人地说：

"我们是唱曲的，高兴怎么唱，就怎么唱！你们不爱听，大可以不听！"

云飞径自走向雨凤，激动地握住她的胳臂：

"雨凤，雨鹃要这么唱，我不会觉得奇怪，可是，你怎么会同意呢？你要打击云翔，没有关系！可是，今天的主角不是云翔，是我爹呀！你明明知道，他今天到这儿来，就是要看看你！你非但不帮我争一点面子，还做出这样的惊人之举，让我爹怎么下得来台！你知道吗？今晚，受打击最大的，不是云翔，是我！"

雨凤身子一扭，挣脱了他：

"我早就说过，我跟展家，注定无缘！"

云飞心里，掠过一阵尖锐的痛楚，说不出来有多么失望：

"你完全不在乎我！一点点都不在乎！是不是？"

雨凤的脸色惨淡，声音倔强：

"我没有办法在乎那么多！当你跟展家纠缠在一起的时候，当你们坐在一桌，父子同欢的时候，当你跟展云翔坐在一起，哥哥弟弟的时候，你就是我的敌人！"

云飞闭了闭眼睛，抽了一口冷气：

"我现在才知道，腹背受敌是什么滋味了！"

"我可老早就知道，爱恨交织是什么滋味了！"雨凤冷冷地接口，又说，"其实，对你爹来讲，这不是一件坏事！就是因为你爹的昏庸，才有这么狂妄的展云翔！平常，一大堆人围在他身边歌功颂德，使他根本听不到也看不见，我和雨鹃，决定要他听一听大众的声音，如果他回去了，肯好好地反省一下，他就不愧是展祖望！否则，他就是……他就是……"她停住，想不出合适的形容词。

"就是一只老夜枭而已！"雨鹃有力地接口。

云飞抬眼，惊看雨鹃：

"你真的想砍断我和雨凤这份感情？你连一点同情心都没有吗？"

雨鹃忍无可忍，喊了起来：

"我同情，我当然同情，我同情的是我被骗的姊姊，同情的是左右为难的苏慕白！不是展云飞！"

云飞悲哀地转向雨凤：

"雨凤，你是下定决心，不进我家门了，是不是？"

雨凤转开头去，不看他：

"是！我同意雨鹃这样唱，就是要绝你的念头！我跟你说过好多次，你就是不要听！"

云飞定定地看着她，呼吸急促：

"你好残忍！你甚至不去想，我要面对的后果！你明知道在那个家庭里，我也处在挨打的地位，回去之后，我要接受最严厉的批判！你一点力量都不给我，一点都不支持我！让我去孤军奋战，为你拼死拼活！而你，仍然把我当成敌人！我为了一个敌人在那儿和全家作战，我算什么！"

雨凤低头，不说话。

云飞摇了摇头，感到心灰意冷：

"这样爱一个人，真的好痛苦！或者，我们是该散了！"

雨凤吃了一惊，抬头：

"你说什么？"

云飞生气地、绝望地、大声地说：

"我说，我们不如'散了'！"

他说完，再也不看雨凤，掉头就走。阿超急步跟去了。

雨凤大受打击，本能地追了两步，想喊，喊不出来，就硬生生地收住步子，一个踉跄地跌坐在椅子里，用手痛苦地蒙住了脸。

雨鹃走过去，一句话都没说，只是把她的头，紧紧地拥在怀中。

云飞带着满心的痛楚回到家里，他说中了，他是"腹背受敌"，因为，家里正有一场风暴在等着他！全家人都聚集在大厅里，祖望一脸的怒气，看着他的那种眼光，好像在看一个怪物！他指着他，对他咆哮地大吼：

"我什么理由都不要听！你跟她散掉！马上一刀两断！你想要把这个姑娘娶进门来，除非我断了这口气！"

云翔好得意，虽然被那两姊妹骂得狗血淋头，但是，她们"整到"的，竟是云飞！这就是意外之喜了。梦娴好着急，看着云飞，一直使眼色。奈何他根本看不到。他注视祖望，不但不道歉，反而沉痛地说：

"爹！你听了她们姊妹两个唱的歌，你除了生气之外，一点反省都没有吗？"

"反省？什么叫反省？我要反省什么？"

"算我用错了词！不是反省，最起码，也会去想一想吧！为什么人家姊妹看到你来了，会不顾一切，临时改歌词，唱到你面前去给你听！她们唱些什么，你是不是真的听清楚了？如果没有家破人亡的深仇大恨，她们怎么会这样做？"

云翔恼怒地往前一跨步：

"我知道，我知道，你又要把这笔账，转移到我身上来了！那件失火的事，我已经说过几百次，我根本不想再说了！爹，现在这个情况非常明显嘛，这对姊妹是赖上我们家了！她们是打赤脚的人，我们是穿鞋的人，她们想要什么，明白得很！姊姊呢，是想嫁到展家来当少奶奶！妹妹呢，是想敲诈我们一笔钱！"

纪总管立刻接口：

"对对对！我的看法跟云翔一样！这姊妹两个，都太有心机了！你看她们唱曲儿的时候，嘴巴要唱，眼睛还要瞟来瞟去，四面招呼，真的是经验老到！这个待月楼，我也打听清楚了，明的是金银花的老板，暗的根本就是郑老板的！这两姊妹，显然跟郑老板也有点不干不净……"

云飞厉声打断：

"纪叔！你这样信口开河，不怕下拔舌地狱吗？"

纪总管一怔，天尧立刻说：

"这事假不了！那待月楼里的客人都知道，外面传得才厉害呢！郑老板对她们两个都有意思，就是碍着一个金银花！反正，这两个妞儿绝对不简单！就拿这唱词来说吧！好端端的唱着《小放牛》，说改词就改词，她们是天才吗？想想就明白了！她们姊妹早就准备有今晚这样的聚会了！一切都是事先练好的！"

纪总管走过去，好心好意似的拍拍云飞的肩：

"云飞！要冷静一点，你知道，你是一条大肥羊呀，整个桐城，不知道有多少大家闺秀想嫁你呢！这两个唱曲的，怎会不在你身上用尽功夫呢？你千万不要着了她们的道儿！"

云飞被他们这样左一句右一句，气得快炸掉了。还来不及说什么，祖望已经越听越急，气急败坏地叫：

"不错！纪总管和云翔天尧分析得一点都不错！这姊妹两个太可怕了！中国自古就有'天下最毒妇人心'这种词，说的就是这种女人！如果她们再长得漂亮，又有点才气，会唱曲什么的，就更加可怕！云飞，我一直觉得你聪明优秀有头脑，怎么会上这种女人的当！我没有亲眼看到，还不相信，今天是亲眼看到了，说她们是'蛇蝎美人'，也不为过！"

云飞怒极、气极、悲极：

"好吧！展家什么都没错！是她们恶毒！她们可怕！展家没有害过她们，没有欺负过她们，是她们要害展家！要敲诈展家！"他怒极反笑了："哈哈！我终于明白了，为什么我用尽心机，也没有办法说服雨凤嫁给我，因为展家是这副嘴脸，这种德行！人家早已看得清清楚楚，我还在这里糊糊涂涂！雨凤对了，只要我姓展，我根本没有资格向她求婚！"

品慧看到这种局面，太兴奋了，忍不住插嘴了：

"哎哟！我说老大呀，你也不要这样认死扣，你爹已经气成这样子，你还要气他吗？真喜欢那个卖唱的姑娘，你花点钱，买来做个小老婆也就算了……"

祖望大声打断：

"小老婆也不可以！她现在已经这么放肆，敢对着我的脸唱曲儿来骂我，进了门还得了？岂不是兴风作浪，会闹得天下大乱吗？我不许！绝对不许！"

"哈哈！哈哈！"云飞想着自己弄成这样的局面，就大笑了起来。

梦娴急坏了，摇着云飞：

"你笑什么？你好好跟你爹说呀！你心里有什么话，你说呀！让你爹了解呀……"

"娘，我怎么可能让他了解呢？他跟我根本活在两个世界里！他的心智已经被蒙蔽，他只愿意去相信他希望的事，而不去相信真实！"

祖望更怒，大吼：

"我亲眼看到的不是事实吗？我亲耳听到的不是事实吗？被蒙蔽的是你！中了别人的'美人计'还不知道！整天去待月楼当孝子，还为她拼死拼活，弄得受伤回家，简直是丢我展祖望的脸！"

云飞脸色惨白，抬头一瞬也不瞬地看着祖望，眼里闪耀着沉痛已极的光芒：

"爹，这就是你的结论？"

祖望一怔，觉得自己的话讲得太重了，吸了口气，语气转变：

"云飞，你知道我对你寄望有多高，你知道这次你回家，我真的是欢喜得不得了，好想把展家的一番事业，让你和云翔来接管，来扩充！我对你的爱护和信任，连云翔都吃醋！你不是没感觉的人，应该心里有数！"

"我从不怀疑这一点！"云飞眼神一痛。

"那你就明白了，我今天反对萧家的姑娘，绝对是为了你好，不是故意跟你唱反调！现在，我连她的出身都可以不计较，但是，人品风范，心地善良，礼貌谦和，以及对长辈的尊重……总是选媳妇的基本要求吧！"

"我没有办法和你辩论雨凤的人品什么的，因为你已经先入为主地给她定罪了！我知道，现在，你对我非常失望！事实上，我对这个家也非常失望！我想，我们不要再谈雨凤，她是我的问题，不是你们的问题！我自己会去面对她！"

"你的问题！就是我们大家的问题！"

"那不一定！"他凝视祖望，诚挚而有力地说，"爹，等你气平的时候，你想一想，人家如果把我看成一只肥羊，一心想进我家大门，想当展家的少奶奶，今晚看到你去了，还不赶快使出浑身解数来讨你欢喜？如果她们像你们分析的那样厉害，那样工于心计，怎么会编出歌词来逞一时之快！如果她希望你是她未来的公公，她是不是巴结都来不及，为什么她们会这样做？"

祖望被问倒了，睁大眼睛看着云飞，一时无言。

云翔眼看祖望又被说动了，就急急地插进嘴来：

"这就是她们厉害的地方呀，这叫作……叫作……"

"欲擒故纵！以退为进！"纪总管说。

"对对对！这就是欲擒故纵，以退为进！厉害得不得了！"云翔马上喊。

"而且，这是一着险棋，语不惊人死不休，一定可以达到'引起注意'的目的！"天尧也说。

云飞见纪总管父子和云翔像唱双簧般一问一答，懒得再去分辩，对祖望沉痛地说：

"我言尽于此！爹，你好好想一想吧！"

云飞说完，转身就冲出了大厅。

从这天开始，一连好几天，云飞挣扎在愤怒和绝望之中。在家里，他是"逆子"，在萧家，他是"仇人"，他的情绪低落到了极点，简直不知道该如何自处。他无法面对父亲和云翔，也不要再见到雨凤。

每天早上，他都出门去。以前，出门就去看看雨凤，现在，出门也不知道该去哪儿。只好把祖望交给他的钱庄，去收收账，管理一下，不管理还好，一管理烦恼更多。

这天早上，云飞和阿超走在街道上。阿超看着他，建议说：

"我跟你说，我们去买一点烧饼油条生煎包，赶在小四上学以前送过去！有小三、小四、小五在一起说说笑笑，雨鹃姑娘就比较不会张牙舞爪，那么，你那天晚上，跟人家发的一顿脾气，说不定就化解了！"

"你的意思好像是说，我那天晚上不该跟雨凤发脾气！"云飞烦躁地说。

"我就不知道你发什么脾气！人家情有可原嘛！她们又没骂你，骂的全是二少爷！谁叫你跟二少爷坐一桌，一副'一家人'的样子！你这样一发脾气，不是更好像你和二少爷是哥哥弟弟，手足情深吗？"

云飞心烦意乱，挥手说：

"你不懂！你没有经过这种感情，你不了解！她如果心底真有我，她就该把我放在第一位，就该在乎我爹对她的印象，就该在乎我的感觉，她通通不在乎，我一个人在乎，未免太累了！"

"我是不了解啊！那么，你是真要跟她'散了'吗？既然真要'散了'，干吗回到家里，又为她和老爷大吵？"

云飞更烦躁：

"所以我说你不懂！感情的事，就是这样'剪不断，理还乱'的！"

"你不要跟我转文，一转文我就没辙了！好吧，现在我们去哪里？买不买烧饼油条呢？去不去萧家呢？"

"买什么烧饼油条？就算在她身上用几千几万种功夫，她还是不会感动，她还是把我当成敌人！去什么萧家？当然不去！"

阿超仔细看他：

"不去？那……我们干吗一直往萧家走？"

云飞站住，四面看看，烦乱地说：

"我们去虎头街，把账收一收！"掏出记事本看了看："今天，有三家到期的账，我们先去……这个贺伯庭家！"说着就走。

"这么早，去办公啊？"阿超跟上前去。

"这虎头街的业务真是一团乱，全是收不回的呆账，真不知道要怎么办才好！走吧！今天好好地去办点事！跑他一整天！"

阿超抓了抓头，很头痛的样子：

"要去办公……那，你身上带的钱够不够？"

"我是去收账，又不是去放款，要带什么钱？"

"你收十次账，有八次收不到！想想昨天吧，你就把身上的钱用得光光的，送江家的孩子去看病，给王家的八口之家买米，帮罗家的女儿赎身，最离谱的是，赶上朱家在出殡，你把身上最后的钱送了奠仪！这样收账，我是很怕！"

"那是偶然一次，你不要太夸张了，也有几次很顺利就收到了！像顾家……"

"那是因为你把他们的利息减半，又抹掉零头！我觉得，这虎头街的烂摊子，你还是交还给纪总管算了！他故意把这个贫民窟交给你管，有点不安好心！"

"交还给纪总管？那怎么行？会被他们笑死！何况，在我手里，这些人还有一些生路，到了云翔和纪总管手里，不知道要出多少个萧家！"

"那么，决定去贺家了？"

"是！"

"可是，你现在还是往萧家走啊！"

云飞一个大转身，埋着头往前飞快地走：

"笨！习惯成自然！"

阿超叹口大气，无精打采地跟在他后面。

15

云飞不再出现，雨凤骤然跌落在无边的思念，和无尽的后悔里。

日出，日落，月升，月落……日子变成了一种折磨，每天早上，雨凤被期待烧灼得那么狂热。风吹过，她会发抖，是他吗？有人从门外经过，她会引颈翘望，是他吗？整个白天，门外的任何响声，都会让她在心底狂喊：是他吗？是他吗？晚上，在待月楼里，先去看他的空位，他会来吗？唱着唱着，会不住看向门口，每个新来的客人都会引起她的惊悸，是他吗？是他吗？不是，不是，不是……一次又一次的失望，使她陷进一种绝望里。他不会再来了，她终于断了他的念头，粉碎了他的爱。她日有所思，夜无所梦，因为，每个漫漫长夜，她都是无眠的。当好多个日子，在期待中来临，在绝望中结束，她的心，就支离破碎了。她想他，她发疯一样地想他！想得整个人都失魂落魄了。

云飞不知道雨凤的心思。每天早上，白天，晚上……都跟自己苦苦作战，不许去想她，不许去看她，不许往她家走，不许去待月楼，不许那么没出息！那么多"不许"，和那么多"渴望"，使他煎熬得心力交瘁。

这天早上，云飞和阿超又走在街道上。

阿超看看云飞，看到他形容憔悴，神情寥落，心里实在不忍，说：

"一连收了好多天的账，一块钱都没收到，把钱庄里的钱倒挪用了不少，这虎头街我去得真是倒胃口，今天换一条路走走好不好？"

"换什么路走走？"云飞烦躁地问。

"就是习惯成自然的那条路！"阿超冲口而出。

云飞一怔，默然不语。阿超再看他一眼，大声说：

"你不去，我就去了！好想小三、小四、小五他们！就连凶巴巴的雨鹃姑娘，几天没跟她吵吵闹闹，好像挺寂寞的样子，也有点想她！至于雨凤姑娘，不知道好不好？胖了还是瘦了？她的身子单薄，受了委屈又挨了骂，不知道会不会又想不开？"

云飞震颤了一下：

"我哪有让她受委屈？哪有骂她？"

"那我就不懂了，我听起来，就是你在骂她！"

云飞怔着，抬眼看着天空，叹了一口长气：

"走吧！"

"去哪里？"阿超问。

云飞瞪他一眼，生气地说：

"当然是习惯成自然的那条路！"

阿超好生欢喜，连忙跨着大步，领先走去。

当他们来到萧家的时候，正好小院的门打开，雨凤抱着一篮脏衣服，走出大门，要到井边去洗衣服。

她一抬头，忽然看到云飞和阿超迎面而至。她的心，立刻狂跳了起来，眼睛拼命眨着，只怕是自己眼花看错了，脸色顿时之间，就变得毫无血色了。是他吗？真的是他吗？她定睛细看，只怕他凭空消失，眼光就再也不敢离开他。

云飞好震动，震动在她的苍白里，震动在她的憔悴里，更震动在她那渴盼的眼神里。他润了润嘴唇，好多要说的话，一时之间，全部凝固。结果，只是好温柔地问了一句废话：

"要去洗衣服吗？"

雨凤眼中立刻被泪水涨满，是他！他来了！

阿超看看两人的神情，很快地对云飞说：

"你陪她去洗衣服，我去找小三小五，上次答应帮她们做风筝，到现在还没兑现！"他说完，就一溜烟钻进四合院去了。

雨凤回过神来，心里的委屈，就排山倒海一样地涌了上来。她低着头，紧抱着洗衣篮，往前面埋着头走，云飞跟在她身边。两人默默地走了一段，她才哽咽地说：

"你又来干什么？不是说要跟我'散了'吗？"说出口，她就后悔了。好不容易，把他盼来了，难道要再把他气走吗？可是，她就是管不住自己。

他凝视她，在她的泪眼凝注下，读出许多她没出口的话。

"散，怎么散？昨晚伤口痛了一夜，睡都睡不着，好像那把刀子还插在里面，没拔出来，痛死我！"他苦笑着说。

雨凤一急，所有的矜持都飞走了：

"那……有没有请大夫看看呢？"

云飞瞅着她：

"现在不是来看大夫了吗？"

她瞪着他，不知道是该生气还是该欢喜。

云飞终于叹口气，诚恳地、真诚地、坦白地说：

"没骗你，这几天真是度日如年，难过极了！那天晚上回去，跟家里大吵了一架，气得伤口痛、头痛、胃痛，什么地方都痛！最难过的，还是心痛，因为我对你说了一句，绝对不该说出口的话，那就是'散了'两个字。"

雨凤的眼泪，像断线珍珠一般，大颗大颗地滚落，跌碎在衣襟上了。

两人到了井边，她把要洗的衣服倒在水盆里。他马上过去帮忙，用辘轳拉着水桶，吊水上来。她看到他打水，就丢下衣服，去抢他手中的绳子：

"你不要用力，等下伤口又痛了！你给我坐到一边去！"

"哪有那么娇弱！用点力气，对伤口只有好，没有坏！你让我来弄……"

"不要不要！"她拼命推开他，"我来，我来！"

"你力气小，那么重的水桶，我来！我来！"

两个人抢绳子，抢辘轳，结果，刚刚拉上的水桶打翻了，泼了两人一身水。

"你瞧！你瞧！这下越帮越忙！你可不可以坐着不动呢？"她喊着，就掏出小手帕，去给他擦拭。

他捉住了她忙碌的手，仔细看她：

"这些天，怎么过的？跟我生气了吗？"

她才收住的眼泪，立刻又掉下来，一抽手，提了水桶走到水盆边去，把水倒进水盆里。坐下来，拼命搓洗衣服，泪珠点点滴滴往水盆里掉。

云飞追过来，在她身边坐下，心慌意乱极了：

"你可以骂我，可以发脾气，但是，不要哭好不好？有什么话，你说嘛！"

她用手背拭泪。脸上又是肥皂又是水又是泪，好生狼狈。他掏出手帕给她。她不接手帕，也不抬头，低着头说：

"你好狠心，真的不来找我！"

一句话就让他的心绞痛起来，他立刻后悔了：

"不是你一个人有脾气，我也有脾气！你一直把我当敌人，我实在受不了！可是……熬了五天，我还不是来了！"

她用手把脸一蒙，泪不可止，喊着：

"五天，你不知道五天有多长！人家又没有办法去找你，只有等，等，等！也不知道要等到哪一天？时间变得那么长，那么……长。"

他睁大眼睛，一瞬也不瞬地看着她，简直不知身之所在了，他屏息地问：

"你有等我？"

她哭着说：

"都不敢出门去！怕错过了你！每晚在待月楼，先看你有没有来……你，好残忍！既然这样对我，就不要再来找我嘛！"

"对不起，如果我知道你在等我，我早就像箭一样射到你身边来了，问题是，我对你毫无把握，觉得自己一直在演独角戏！觉得你恨我超过了爱我……你不知道，我在家里，常常为了你，和全家争得面红耳赤，而你还要坍我的台，我就沉不住气了！真的不该对你说那两个字，对不起！"

雨凤抬眼看了他一眼，泪珠掉个不停。他看到她如此，心都碎了，哀求地说：

"不要哭了，好不好？"

他越是低声下气，她越是伤心委屈。半晌，才痛定思痛，柔肠寸断地说：

"我几夜都没有睡，一直在想你说的话，我没有怪你轻易说'散了'。因为这两个字，我已经说了好几次！只是，每次都是我说，这是第一次听到你说！你说完就掉头走了，我追了两步，你也没回头，所以，我想，你不会再来找我了！我们之间，就这么完了。然后，你五天都没来，我越等越没有信心了，所以，现在看到了你，喜出望外，好像不是真的，才忍不住要哭。"

这一篇话，让云飞太震动了，他一把就捧起她的脸，热烈地盯着她：

"是吗？你以为我不会再来找你了！"

她可怜兮兮地点点头，泪盈于睫，说得"刻骨铭心"：

"我这才知道，当我对你说，我们'到此为止'，我们'分手'，我们'了断'，是多么残忍的话！"

云飞放开她的脸，抓起她的双手，把自己的唇，紧紧地贴在她的手背上。一滴泪从他眼角滑落，滚在她手背上，她一个惊跳：

"你……哭了？"

云飞狼狈地跳起来，奔开去，不远处有棵大树，他就跑到树下去站着。

雨凤也不管她的衣服了，身不由己地追了过来。

云飞一伸手，把她拉到自己面前，用手臂圈着她，用湿润却带笑的眸子瞅着她：

"我八年没有掉过泪！以为自己早就没有泪了！"

她热烈地看着他。

"你刚刚说的那些话，对我太重要了！为了这些话，我上刀山，下油锅……都值得了！我没有白白为你动心，白白为你付出！"

雨凤这才祈谅地，解释地说：

"那晚临时改词，是我没有想得很周到，当时，金银花说你们父子三个全来了，我和雨鹃就乱了套……"

他柔声地打断：

"别说了！我了解，我都了解。不过，我们约法三章，以后，无论我们碰到多大的困难，遇到多大的阻力，或者，我们吵架了，彼此生气了，我们都不要轻易说'分手'！好不好？"

"可是，有的时候，我很混乱呀！我们对展家的仇恨，那么根深蒂固，我就是忘不掉呀！你的身份，对我们家每个人都是困扰！连小三、小四、小五，每次提到你的时候，都会说，'那个慕白大哥……不不，那个展混蛋！'我每次和雨鹃谈到你，我都说'苏慕白怎样怎样'，她就更正我说：'不是苏慕白！是展云飞！'就拿那晚来说，你发脾气，掉头走了，我追在后面想喊你，居然不知道该叫你什么名字……"

他紧紧地盯着她：

"那晚，你要叫我？"

她拼命点头：

"可是，我不能叫你云飞呀！我叫不出口！"

他太感动了，诚挚而激动地喊：

"叫我慕白吧！有你这几句话，我什么都可以放弃了！我是你的慕白，永远永远的慕白！以后想叫住我的时候，大声地叫，让我听到，那对我太重要了！如果你叫了，我这几天就不会这么难过，每天自己跟自己作战，不知道要不要来找你！"他低头看她，轻声问："想我吗？"

"你还要问！"她又掉眼泪。

"我要听你说！想我吗？"

"不想，不想，不想，不想……"她越说越轻，抬眼凝视他，"好想，好想，好想。"

云飞情不自禁，俯头热烈地吻住她。

片刻，她轻轻推开他，叹口气：

"唉！我这样和你纠缠不清，要断不断，雨鹃会恨死我！

但是，我管不着了！"就依偎在他怀中，什么都不顾了。

白云悠悠，落叶飘飘，两人就这样依偎在绿树青山下，似乎再也舍不得分开了。

当云飞和雨凤难分难解的时候，阿超正和小三小五玩得好高兴。大家坐在院子里绑风筝，当然是阿超在做，两个孩子在帮忙，这个递绳子，那个递剪刀，忙得不亦乐乎。终于，风筝做好了，往地上一放。阿超站起身来：

"好了！大功告成！"

"阿超大哥，你好伟大啊！你什么都会做！"小五是阿超的忠实崇拜者。

"风筝是做好了，什么时候去放呢？"小三问。

"等小四学校休假的时候！初一，好吗？我们决定初一那天，全体再去郊游一次！像以前那样！小三，我把那两匹马也带出来，还可以去骑马！"

小五欢呼起来：

"我要骑马！我要骑马！我们明天就去好不好？"

"明天不行，我们一定要等小四！"

"对！要不然小四就没心情做功课！考试就考不好，小四考不好没关系，大姊会哭，二姊会骂人……"

雨鹃从房里跑出来：

"小三，你在说我什么？"

小三慌忙对阿超伸伸舌头：

"没什么！"

雨鹃看看阿超和两个妹妹：

"阿超！你别在那儿一厢情愿地订计划了，你胡说两句，她们都会认真，然后掰着手指头算日子！现在情况这么复杂，你家老爷大概恨不得把我们姊妹都赶出桐城去！我看，你和你那个大少爷，还是跟我们保持一点距离比较好！免得下次你又遭殃！"

阿超看着雨鹃，纳闷地说：

"你这个话，是要跟我们划清界限呢？还是体贴我们会遭殃呢？"

雨鹃一怔，被问住了。阿超就凝视着她，话锋一转，非常认真而诚挚地说：

"雨鹃姑娘！我知道我只是大少爷身边的人，说话没什么分量！可是，我实在忍不住，非跟你说不可！你就高抬贵手，放他们一马，给他们两个一点生路吧！"

"你在说些什么？你以为他们两个之间的阻力是我吗？你把我当成什么？砍断他们生路的刽子手吗？你太过分了！"雨鹃勃然变色。

"不要生气，不要生气！你最大的毛病，就是动不动就生气！我知道他们之间，真正的阻力在展家，但是，你的强烈反对，也是雨凤姑娘不能抗拒的理由！"

雨鹃怔着，睁大眼睛看着阿超。他就一本正经地、更加诚挚地说：

"你不知道，我家大少爷对雨凤姑娘这份感情，深刻到什么程度！他是一个非常非常重感情的人！他的前妻去世的时候，他曾经七天七夜，不吃不喝，几乎把命都送掉。八年以来，他不曾正眼看过任何姑娘，连天虹小姐对他的一片心，他都辜负。自从遇到你姊姊，他才整个醒过来！他真的爱她，非常非常爱她！不管大少爷姓不姓展，他会拼掉这一辈子，来给她幸福！你又何必一定要拆散他们呢？"

雨鹃被撼动了，看着他，心中，竟有一股油然而生的敬佩。半晌，才接口：

"阿超！你很崇拜他，是不是？"

"我是个孤儿，十岁那年被叔叔卖到展家，老爷把我派给大少爷，从到了大少爷身边起，他吃什么，我吃什么，他玩什么，我玩什么，他念什么书，我念什么书，老爷给大家请了师父教武功，他学不下去，我喜欢，他就一直让我学……他是个奇怪的人，有好高贵的人格！真的！"

雨鹃听了，有种奇怪的感动。她看了他好一会儿：

"阿超，你知道吗？你也是一个好奇怪的人，有好高贵的人格，真的！"

阿超被雨鹃这样一说，眼睛闪亮，整个脸都涨红了：

"我哪有？我哪有？你别开玩笑了！"

雨鹃非常认真地说：

"我不开玩笑，我是说真的！"想了想，又说："好吧！雨凤的事，我听你的话，不再坚持就是了！"就温柔地说："进来喝杯茶吧！告诉我一些你们家的事，什么天虹小姐，你的童年，好像很好听的样子！"

阿超有意外之喜，笑了，跟她进门去。

这真是一个奇妙的转机。

当雨凤洗完衣服回来，发现家里的气氛好极了，雨鹃和阿超坐在房里有说有笑，小三和小五绕着他们问东问西。桌上，不但有茶，还有小点心。大家吃吃喝喝的，一团和气。雨凤和云飞惊奇地彼此对视，怎么可能？雨鹃的剑拔弩张，怎么治好了？雨鹃看到两人，也觉得好像需要解释一下，就说：

"阿超求我放你们一马，几个小的又被他收得服服帖帖，我一个人跟你们大家作战，太累了，我懒得管你们了，要爱要恨，都随你们去吧！"

云飞和雨凤，真是意外极了。雨凤的脸，就绽放着光彩，好像已经得到皇恩大赦一般。云飞也眼睛闪亮，喜不自胜了。

大家正在一团欢喜的时候，金银花突然气急败坏地跑进门来。

原来，这天一早，就有大批的警察，气势汹汹地来到待月楼的门口，把一张大告示，往待月楼门口的墙上一贴。好多路人，都围过来看告示。黄队长用警棍敲着门，不停地喊：

"金银花在不在？快出来，有话说！"

金银花急忙带着小范、珍珠、月娥跑出来。

黄队长用警棍指指告示：

"你看清楚了！从今晚开始，你这儿唱曲的那两个姑娘，不许再唱了！"

"不许再唱了，是什么意思？"金银花大惊。

"就是被'封口'的意思！这告示上说得很明白！你自

己看!"

金银花赶紧念着告示:

> 查待月楼有驻唱女子，名叫萧雨凤、萧雨鹃二
> 人，因为唱词荒谬，毁谤士绅，有违善良民风。自
> 即日起，勒令'封口'，不许登台……

她一急，回头看黄队长："黄队长，这一定有误会! 打从
盘古开天地到现在，没听说有'封口'这个词，这唱曲的姑
娘，你封了她的口，叫她怎么生活呢?"

"你跟我说没有用，我也是奉命行事! 谁叫这两个姑娘，
得罪了大头呢? 反正，你别再给我惹麻烦，现在不过只是
'封口'而已，再不听话，就要'抓人'了! 你这待月楼也小
心了! 别闹到'封门'才好!"

"这'封口'要封多久?"

"上面没说多久，大概就一直'封下去'了!"

"哎哎，黄队长，这还有办法可想没有? 怎样才能通融通
融? 人家是两个苦哈哈的姑娘，要养一大家子人，这样简直
是断人生路……而且，这张告示贴在我这大门口，你叫我怎
么做生意呀? 可不可以揭掉呢?"

"金银花! 你是见过世面的人! 你说，可不可以揭掉呢?"
黄队长抬眼看看天空，"自己得罪了谁，自己总有数吧!"

金银花没辙了，就直奔萧家小屋而来。大家听了金银花
的话，个个变色。

雨鹃顿时大怒起来：

"岂有此理！他们有什么资格不许我唱歌？嘴巴在我脸上，他怎么'封'？这是什么世界，我唱了几句即兴的歌词，就要封我的口！我就说嘛！这展家简直是混账透顶！"说着，就往云飞面前一冲："你家做的好事！你们不把我们家赶尽杀绝，是不会停止的，是不是？"

云飞太意外，太震惊了：

"雨鹃！你不要对我凶，这件事我压根儿就不知道！你生气，我比你更气！太没格调了！太没水准了！除了暴露我们没有涵养、仗势欺人以外，真的一点道理都没有！你们不要急，我这就回家去，跟我爹理论！"

金银花连忙对云飞说：

"就麻烦你，向老爷子美言几句。这萧家两个姑娘，你走得这么勤，一定知道，她们是有口无心的，开开玩笑嘛！大家何必闹得那么严重呢？在桐城，大家都要见面的，不是吗？"

阿超忙对金银花说：

"金大姊，你放心，我们少爷会把它当自己的事一样办！我们这就回去跟老爷谈！说不定晚上，那告示就可以揭了！"

雨凤一早上的好心情，全部烟消云散，她愤愤不平地看向云飞：

"帮我转一句话给你爹，今天，封了我们的口，是开了千千万万人的口！他可以欺负走投无路的我们，但是，如何去堵悠悠之口？"

雨鹃怒气冲冲地再加了两句：

"再告诉你爹，今天不许我们在待月楼唱，我们就在这桐城街头巷尾唱！我们五个，组成一支合唱队，把你们展家的种种坏事，唱得他人尽皆知！"

阿超急忙拉了拉雨鹃：

"这话你在我们面前说说就算了，别再说了！要不然，比'封口'更严重的事，还会发生的！"

雨凤打了个寒颤，脸色惨白。

小三、小五像大难临头般，紧紧地靠着雨凤。

云飞看看大家，心里真是懊恼极了，好不容易，让雨凤又有了笑容，又接受了自己，好不容易，连雨鹃都变得柔软了，正是"柳暗花明又一村"的时候，家里竟然给自己出这种状况！他急切地说：

"我回去了！你们等我消息！无论如何，不要轻举妄动！好不好？"

"轻举妄动？我们举得起什么？动得起什么？了不起动动嘴，还会被人'封口'！"雨鹃悲愤地接口。

金银花赶紧推着云飞：

"你快去吧！顺便告诉你爹，郑老板问候他！"

云飞了解金银花的言外之意，匆匆地看了大家一眼，带着阿超，急急地去了。

回到家里，云飞直奔祖望的书房，一进门，就看到云翔、纪总管、天尧都在，正拿着账本在对账，云飞匆匆一看，已经知道是虎头街的账目。他也无暇去管纪总管说些什么，也无暇去为那些钱庄的事解释，就义愤填膺地看着纪总管，正色说：

"纪叔！你又在出什么主意？准备陷害什么人？"

"你这说的是什么话？"纪总管脸色一僵。

祖望看到云飞就一肚子气，啪的一声，把账本一合，站起身就骂：

"云飞！你连基本的礼貌都没有了吗？纪叔是你的长辈，你不要太嚣张！"

"我嚣张？好！是我嚣张！爹！你仁慈宽厚，有风度，有涵养，是桐城鼎鼎大名的人物，可是，你今天对付两个弱女子，居然动用官方势力，毫不留情！人家被我们逼得走投无路，这才去唱小曲，你封她们的口，等于断她们的生计！你知道她们还有弟弟妹妹要养活吗？"

祖望好生气，好失望：

"你气急败坏地跑进来，我以为发生了什么大事，以为钱庄有什么问题需要商量！结果，你还是为了那两个姑娘！你脑子里除了'女色'以外，还有没有其他的东西？你每天除了捧戏子之外，有没有把时间用在工作和事业上？你虎头街的业务，弄得一塌糊涂！你还管什么待月楼的闲事！"

云飞掉头看纪总管：

"我明白了！各种诡计都来了，一个小小的展家，像一个腐败的朝廷！"

他再看祖望："虎头街的业务，我改天再跟你研究，现在，我们先解决萧家姊妹的事，怎样？"

云翔幸灾乐祸地笑着：

"爹！你就别跟他再提什么业务钱庄了！他全部心思都在萧家姊妹身上，哪里有情绪管展家的业务？"

云飞怒瞪了云翔一眼，根本懒得跟他说话。他迈前一步，凝视着祖望，沉痛地说：

"爹！那晚我们已经谈得很多，我以为，你好歹也会想一想，那两个姑娘唱那些曲，是不是情有可原？如果你不愿意想，也就罢了！把那晚的事，一笑置之，也就算了！现在，要警察厅去贴告示，去禁止萧家姊妹唱曲，人家看了，会怎么想我们？大家一定把我们当作是桐城的恶势力，不但是官商勾结，而且为所欲为，小题大做！这样，对展家好吗？"

天尧插嘴：

"话不是这样讲，那萧家姊妹，每晚在待月楼唱两三场，都这种唱法，展家的脸可丢大了，那样，对展家又好吗？"

"天尧讲得对极了，就是这样！"祖望点头，气愤地瞪着云飞说，"她们在那儿散播谣言，毁谤我们家的名誉，我们如果放任下去，谁都可以欺负我们了！"

"爹……"

"住口！"祖望大喊，"你不要再来跟我提萧家姊妹了！我听到她们就生气！没把她们送去关起来，已经是我的仁慈了！你不要被她们迷得晕头转向，是非不分！我清清楚楚地告诉你，如果你再跟她们继续来往，我就不认你这个儿子！"

祖望这样一喊，惊动了梦娴和齐妈，匆匆忙忙地赶来。

梦娴听到祖望如此措辞，吓得一身冷汗，急急冲进去，拉住祖望：

"你跟他好好说呀！不要讲那么重的话嘛！你知道他……"

祖望对梦娴一吼：

"他就是被你宠坏了！不要帮他讲话！这样气人的儿子，不如没有！你当初如果没有生他，我今天还少受一点气！"

云飞大震，激动地睁大眼睛，不敢相信地看着祖望。许多积压在心里的话，就不经思索地冲口而出了：

"你宁愿没有生我这个儿子？你以为我很高兴当你的儿子吗？我是非不分？还是你是非不分？你不要把展家看得高高在上了！在我眼里，它像个充满细菌的传染病院！姓了展，你以为那是我的骄傲吗？那是我的悲哀，我的无奈呀！我为这个，付出了多少惨痛的代价，你知道吗？知道吗？"

祖望怒不可遏，气得发昏了：

"你混账！你这是什么话？你把展家形容得如此不堪，你已经鬼迷心窍了！自从你回来，我这么重视你，你却一再让我失望！我现在终于认清楚你了，云翔说的都对！你是一个假扮清高的伪君子！你沉迷，你堕落，你没有责任感，没有良心，我有你这样的儿子，简直是我的耻辱！"

这时，品慧和天虹，也被惊动了，丫头仆人，全在门口挤来挤去。

云飞瞪着祖望，气得伤口都痛了，脸色惨白：

"很好！爹，你今天跟我讲这篇话，把我彻底解脱了！

我再也不用拘泥自己姓什么，叫什么了！我马上收拾东西离开这儿！上次我走了四年，这次，我是不会再回来了！从此之后，你只有一个儿子，你好好珍惜吧！因为，我再也不姓'展'了！"

品慧听出端倪来了，兴奋得不得了，尖声接口：

"哟！说得像真的一样！你舍得这儿的家产吗？舍得溪口的地吗？舍得全城六家钱庄吗？"

梦娴用手紧紧抓着胸口的衣服，快呼吸不过来了，哀声喊：

"云飞！你敢丢下我，你敢再来一次！"

云飞沉痛地看着梦娴：

"娘！对不起！这个家容不下我，我已经忍无可忍了！"

他再看祖望："我会回来把虎头街的账目交代清楚，至于溪口的地，我是要定了！地契在我这里，随你们怎么想我，我不会交出来！我们展家欠人家一条人命，我早晚要还她们一个山庄！我走了！"

云飞说完，掉头就走。梦娴急追在后面，惨烈地喊：

"云飞！你不是只有爹，你还有娘呀！云飞……你听我说……你等一等……"

梦娴追着追着，忽然一口气提不上来，眼前一黑，她伸手想扶住桌子，拉倒了茶几，一阵乒乒乓乓。她跟着茶几，一起倒在地上。

齐妈和天虹，从两个方向，扑奔过去，跪落于地。齐妈惊喊着：

"太太！太太！"

"大娘！大娘！"天虹也惊喊着。

云飞回头，看到梦娴倒地不起，魂飞魄散，他狂奔回来，不禁痛喊出声：

"娘！娘！"

梦娴病倒了。

大夫诊断之后，对祖望和云飞沉重地说：

"夫人的病，本来就很严重，这些日子，是靠一股意志力撑着。这样的病人最怕刺激，和情绪波动，需要安心静养才好！我先开个方子，只是补气活血，真正帮助夫人的，恐怕还是放宽心最重要！"

云飞急急地问：

"大夫，你就明说吧！我娘有没有生命危险？"

"害了这种病，本来就是和老天争时间，过一日算一日，她最近比去年的情况还好些，就怕突然间倒下去。大家多陪陪她吧！"

云飞怔着，祖望神情一痛。父子无言地对看了一眼，两人眼中，都有后悔。

梦娴醒来的时候，已经是黄昏了。她悠悠醒转，立即惊惶地喊：

"云飞！云飞！"

云飞一直坐在病床前，着急而悔恨地看着她。母亲这样一昏倒，萧家的事，他也没有办法兼顾了。听到呼唤，他慌忙俯下身子：

"娘，我在这儿，我没走！"

梦娴吐出一口大气来。惊魂稍定，看着他，笑了：

"我没事，你别担心，刚刚只是急了，一口气提不上来而已。我休息休息就好了！"

云飞难过极了，不敢让母亲发觉，点了点头，痛苦地说：

"都是我不好，让你这么着急，我实在太不孝了！"

梦娴伸手，握住他的手，哀恳地说：

"不要跟你爹生气，好不好？你爹……他是有口无心的，他就是脾气比较暴躁，一生起气来，会说许多让人伤心的话，你有的时候，也是这样！所以，你们父子两个每次一冲突起来，就不可收拾！可是，你爹，他真的是个很热情、很善良的人，只是他不善于表达……"

母子两个，正在深谈，谁都没有注意到，祖望走到门外，正要进房。他听到梦娴的话，就身不由己地站住了，伫立静听。

"他是吗？我真的感觉不出来，难道你没有恨过爹吗？"云飞无力地问。

"有一次恨过！恨得很厉害！"

"只有一次？哪一次？"

"四年前，他和你大吵，把你逼走的那一次！"

云飞很震动：

"其他的事呢？你都不恨吗？我总觉得他对你不好，他有慧姨娘，经常住在慧姨娘那儿，对你很冷淡。我不了解你们这种婚姻，这种感情。我觉得，爹不像你说的那么热情，很多时候，我都觉得他很专制、很冷酷。"

"不是这样的！我们这一代的男女之情，和你们不一样。我们含蓄，保守，很多感觉都放在心里！我自从生了你之后，身体就不太好，慧姨娘是我坚持为你爹娶的！"

"是吗？我从来就不知道！你为什么要这样呢？感情不是自私的吗？"

"我们这一代，不给丈夫讨姨太太就不贤惠。"

"你就为了要博一个贤惠之名吗？"

"不是。我是……太希望你爹快乐。我想，我是非常尊重他、非常重视他的！丈夫是天，不是吗？"

门外的祖望，听到这儿，非常震动，情不自禁地被感动了。

云飞无言地叹了口气。梦娴又恳求地说：

"云飞，不要对你爹有成见，他一直好喜欢你，比喜欢云翔多！是你常常把他排斥在门外。"

"我没有排斥他，是他在排斥我！"

"为了我，跟你爹讲和吧！你要知道，当他说那些决裂的话，他比你更心痛，因为你还年轻，生命里还有许多可以期待的事，他已经老了，越来越输不起了。你失去一个父亲，没有他失去一个儿子来得严重！在他的内心，他是绝对绝对不要失去你的！"

梦娴的话，深深地打进了祖望的心，他眼中不自禁地含泪了。他擦了擦湿润的眼眶，打消要进房的意思，悄悄地转身走了。

他想了很久。当晚，他到了云飞房里，沉痛地看着他，努力抑制了自己的脾气，伤感地说：

"我跟大夫已经仔细地谈过了，大夫说，你娘如果能够拖过今年，就很不错了！云飞……看在你娘的分上，我们父子二人，休兵吧！"

云飞大大地一震，抬头凝视他。他叹口气，声音里充满了怜恻和柔软，继续说：

"我知道，我今天说了很多让你受不了的话，可是，你也说了很多让我受不了的话！好歹，我是爹，你是儿子！做儿子的，总得让着爹一点，是不是？在我做儿子的时候，你爷爷是很权威的！我从来不敢和他说'不'字，现在时代变了，你们跟我吼吼叫叫，我也得忍受，有时候，就难免暴躁起来。"

云飞太意外了，没想到祖望会忽然变得这样柔软，心中，就涌起歉疚之情：

"对不起，爹！今天是我太莽撞了！应该和你好好谈的！"

"你的个性，我比谁都了解，四年前，我不过说了一句：'生儿子是债！'你就闷不吭声地走了！这次，你心里的不平衡，一定更严重了。我想，我真的是气糊涂了，其实……其实……"他碍口地，"有什么分量，能比得上一个儿子呢？"

云飞激动地一抬头，心里热血沸腾：

"爹！这几句话，你能说出口，我今天就是有天大的委屈，我也咽下去了！你的意思我懂了，我不走就是了。可是……"

祖望如释重负，接口说：

"萧家两个姑娘的事，我过几天去把案子撤了就是了！不过，已经封了她们的口，总得等几天，要不然，警察厅当我们在开玩笑！她们两个，这样指着我的鼻子骂了一场，惩罚她们几天，也是应该的！"

"只要你肯去撤案，我就非常感激了，早两天、晚两天都没关系。无论如何，我们不要对两个穷苦的姑娘，做得心狠手辣，赶尽杀绝……"

"我能做到的，也只有这样了，我撤掉案子，并不表示我接受了她们！"祖望皱皱眉头，"我不想再听她们和展家的恩怨，如果她们这样记仇，我们就只好把她们当仇人了！就算我们宽宏大量，不把她们当仇人，也没办法把她们当朋友，更别说其他的关系了！"

"我想，我也没办法对你再有过多的要求了！"

"还有一件事，撤掉了案子，你得保证，她们两个不会再唱那些攻击展家的曲子！"

"我保证！"

"那就这么办吧！"他看看云飞，充满感性地说，"多陪陪你娘！"

云飞诚挚地点下头去。

16

雨凤和雨鹃并不知道梦娴卧病，云飞一时分不开身，没办法赶来，也不知道云飞已经摆平了"封口"的事。姊妹两个等来等去，也没等到云飞来回信，倒是郑老板，得到消息，就和金银花一起过来了。

"这件事，给你们姊妹两个一个教训，尤其是雨鹃，做事总是顾前不顾后，现在吃亏了吧！"郑老板看着雨鹃说。

雨鹃气呼呼地喊：

"反正，我跟那个展夜枭的仇是越结越深了，总有一天，我会跟他算总账的！"

"瞧！你还是这样说，上一次当，都没办法学一次乖！"金银花说，看郑老板，"你看，要怎么办呢？"

"怎么办？只好我出面来摆平呀！"

雨鹃看着郑老板，一脸的愤愤不平，嚷着：

"他们展家，欺负我们两个弱女子，也就算了！可是，现在，已经欺负到你郑老板的头上来了！全世界都知道，我们姊妹两个是你在保护的！待月楼是你在支持的！他们居然让警察厅来贴告示，分明不把你郑老板看在眼睛里！简直是欺人太甚！"

郑老板微笑地看她，哼了一声，问：

"你想要'借刀杀人'，是不是？"

"你说什么？我听不懂！"雨鹃装糊涂。

郑老板瞅着她，直点头：

"雨鹃，雨鹃！聪明啊！咱们这桐城，'展城南，郑城北'，相安无事了几十年，看样子，现在为了你们这两个丫头，要大伤和气了！"

金银花立刻不安地插嘴：

"我想，咱们开酒楼，靠的是朋友，还是不要伤和气比较好！"她转头问雨凤："你想，那个展云飞能不能说服他爹，把这告示揭了呢？"

"我不知道。我想，他会拼命去说服的，可是，他回家也有大半天了，如果有消息，他一定会马上通知我们，最起码，阿超也会来的！现在都没来，我就没什么把握了！"

"我早就听说了，展祖望只在乎小儿子，跟这个大儿子根本不对牌！"郑老板说，"如果是小儿子去说，恐怕还有点用！"

雨鹃的眼光，一直看着郑老板，挑挑眉：

"是不是'北边'的势力没有'南边'大？是不是你很怕得罪展家？"

"你这说的什么话？"郑老板变色了。

"那……警察厅怎么会被他们控制？不被你控制呢？"

"谁说被他们控制？"

"那……你还不去把那张告示揭了！贴在那儿，不是丢你的脸吗？"

"你懂不懂规矩？警察厅贴的告示，只有等警察厅来揭，要不然再得罪一个警察厅，大家在桐城不要混了！"他在室内走了两圈，站定，看着姊妹二人，"好了！这件事你们就不要伤脑筋了！目前，你们姊妹两个先休息几天，过一阵子，我让你们重新登台，而且，还给你们大做宣传，让你们扳回面子，好不好？"

雨鹃大喜，对郑老板嫣然一笑：

"我就知道你一定有办法嘛！要不然，怎么会称为'郑城北'呢？"她走过去，挽住郑老板的胳臂，撒娇地说："你给他们一点颜色看看，让他们知道你不是好欺负的！行不行？最好，把他们的钱庄啦，粮庄啦，杂货庄啦，管他什么庄……都给封了，好不好？"

郑老板瞅着她，又好气，又好笑，用手捏捏她的下巴：

"你这个鬼灵精怪的丫头，说穿了，就想我帮你报仇，是不是？"

雨鹃一笑抽身：

"我的仇报不报是小事，别人看不起你郑老板就是大事了！他们展家，在'南边'嚣张，也就算了，现在嚣张到'北边'来，嚣张到待月楼来，你真的不在乎吗？"她的大眼睛盈盈然地看着他。"如果我是你，我不会这样忍气吞声的！"

金银花敲了她一记：

"你少说两句吧！你心里有几个弯，几个转，大家都看得清清楚楚！你挑起一场南北大战，对你有什么好处？你以为郑老板被你一煽惑，就会跑去跟人拼命吗？门都没有！"

郑老板挑挑眉毛，微微一笑：

"不过，雨鹃的话，确实有几分道理！"他深深地看着雨鹃，话中有话地说："路很长，慢慢走！走急了会摔跤，知道吗？我忙着呢，不聊了！"走到门口，回头又说："警察厅只说你们不能表演，没说你们不能出现在待月楼！雨鹃，不唱曲就来陪我赌钱吧！你是我的福将！"

"是！"雨鹃清脆地应着。

郑老板和金银花走了。

他们一走，雨凤就对雨鹃不以为然地摇摇头，雨鹃瞪大了眼：

"你有什么话要说？"

"小心一点，别玩火！"

"太迟了！自从寄傲山庄火烧以后，到处都是火，不玩都不行！"雨鹃顽强地答着，"我看，你那个'苏相公'有点靠不住，如果不抓住郑老板，我们全家，只好去喝西北风了！"

雨凤默然不语。真的，那个"苏相公"，在做什么呢？

云飞一直守着梦娴，不敢离开。

一场"父子决裂"的争端，在梦娴的"生死关头"紧急刹车，对祖望和云飞，都是再一次给了对方机会，彼此都有容忍，也有感伤。但是，对云翔来说，却怄得不得了。好不容易，可以把云飞赶出门去，看样子，又功败垂成了。

天尧也很怄，气冲冲地说：

"太太这一招苦肉计还真管用，大夫来、大夫去地闹了半天，云飞也不走，老爷居然还去云飞房里挽留他！刚刚，老爷把我爹叫去说，过个几天，就撤掉待月楼'封口'的案子！你看，给太太这样一闹，云飞搞不好来个败部复活！"

天虹一面冲茶，一面专注地听着。

云翔气坏了：

"怎么会这样呢？简直气死我！爹怎么这样软弱？已经亲口叫他滚，居然又去挽留他，什么意思嘛！害我们功亏一篑！"

天虹倒了一杯茶给云翔，又倒了一杯茶给天尧，忍不住轻声说：

"大娘的身体真的很不好，不是什么苦肉计。哥，我们大家从小一起长大的，现在一定要分成两派，斗得你死我活吗？为什么不能平安相处呢？云飞不是一个很难相处的人呀！你对他一分好，他就会还十分……"

天虹话没说完，云翔就暴跳如雷地吼起来了：

"你听听这是什么话？下午在书房里，我还没有清算你，听到云飞要走，你那一双眼睛就跟着人家转，大娘做个姿态昏倒，你扶得比谁都快！到底谁是你真正的婆婆，你弄得清楚，还是弄不清楚？这会儿，你又胳膊肘向外弯，口口声声说他好！他好，我和你哥，都是混蛋，是不是？"

天尧连忙站起身劝阻：

"怎么说说话也会吵起来？天虹，你也真是的，哪壶不开提哪壶！你该知道云翔现在一肚子怄，你就不能少说两句吗？"

天虹不敢相信地看着天尧：

"哥！你也怪我？你们……你们已经把云飞整得无路可走了，把大娘急得病倒了，你们还不满意？哥，你记不记得我们小时候，大娘有好吃的，有好玩的，只要云飞云翔有，就绝对不忘记给我们一份！我们不感恩也算了，这样整他们，不会太过分了吗？"

云翔暴跳起来：

"天尧！你自己听听，她说的是什么话？每次你们都怪我，说我对她不好，现在你看到了吧？听到了吧？她心里只有那个伪君子！一天到晚，想的是他，帮的是他，你叫我怎样忍这口气？"

天虹悲哀地说：

"不是这样！我今天实在忍不住了才说，人！不能活得毫无格调……"

云翔扑过去，一把就抓起天虹的胳臂：

"什么叫活得没格调！你跟我解释解释！我怎么没格调？你说说清楚！"

天虹手腕被扭着，痛得直吸气，却勇敢地说：

"你心里明白！如果你活得很有格调，人品非常高贵，你就会宽大为怀，就会对身边的每个人都好！你有一颗仁慈的心，你的孩子，才能跟你学呀！"

"什么孩子？"云翔一怔。

天尧听出端倪来了，往前一冲，盯着天虹问：

"你有孩子了？是不是？是不是？"

天虹轻轻地点了点头，不知是悲是喜地说：

"我想，大概是的。"

天尧慌忙把云翔抓着天虹的手拉开，紧张地叫：

"云翔！你还不快松手！"

云翔急忙松手，一瞬也不瞬地看着她：

"你'有了'？你'怀孕'了？"

天虹可怜兮兮地点点头。天尧慌忙小心翼翼地把她扶到椅子上坐下。然后，他抬头看着云翔，看了半天，两人这才兴奋地一击掌。

"哇！恭喜恭喜！恭喜恭喜！"天尧大叫。

云翔一乐，仰天狂叫起来：

"哇！天助我也！天助我也！我去告诉爹，我去告诉娘……"

"等明天看过大夫再说，好不好呢？还没确定呢！"天虹急忙拉住他。

"等什么等？你说有了，就一定有了！"

他就急匆匆地冲出门去，冲到花园里，一路奔着，一路大喊：

"爹！娘！你们要当爷爷奶奶了！天虹有孕了！纪叔！你

要当外公了！天虹有孕了！爹！娘……大家都出来呀！有好消息啊！"

云翔这样大声一叫，祖望、品慧、纪总管和丫头们家丁们都惊动了，从各个角落奔出来，大家围绕着他。

"你说什么？是真的吗？天虹有喜了？"祖望兴奋地问。

"真的！真的！"

品慧立即眉开眼笑，一迭连声地喊：

"锦绣呀！赶快去请周大夫来诊断诊断！小莲呀！叫厨房炖个鸡汤！张嫂，去库房里把那个上好的当归人参都给我拿来！"

丫头、仆人一阵忙忙碌碌。

纪总管又惊又喜，拉着天尧，不太放心地问：

"这消息确定吗？不要让大家空欢喜呀！"

"是天虹自己说的，大概没错了！她那个脾气，没有百分之百的把握，会说吗？"

祖望一听，更是欢喜，拉着纪总管的手，亲热地拍着：

"亲家！这真是天大的好消息，我都五十五岁了，这才抱第一个孙子呀！我等得头发都白了！等得心里急死了！云飞连媳妇都还没有，幸好云翔娶了天虹……亲家，我要摆酒席，我要摆酒席！"

云翔踌躇满志，得意非凡，狂笑地喊着：

"爹，抱孙子有什么难？我每年让你抱一个！你不用指望云飞了，指望我就行了！"

品慧笑得合不拢嘴：

"是啊！是啊！明年生一个，后年再生一个！"

祖望乐不可支，笑逐颜开：

"总算，家里也有一点好消息，让我的烦恼，消除了一大半！"

"爹！你不要烦恼了，你有我呀！让我帮你光大门楣，让我帮你传宗接代！"云翔叫得更加嚣张了。

院子里，一片喧哗。用人、丫头、家丁也都跑来道喜。整个花园，沸沸扬扬。云飞被惊动了，站在梦娴的窗前，看着窗外的热闹景象。

齐妈扶着梦娴走了过来，也看着。

云飞一回头，看到梦娴，吓了一跳：

"娘！你怎么下床了？"

梦娴软弱地微笑着：

"我已经没事了！你不用为我担心！"她看着云飞，眼中闪着渴盼："好希望……你也能让我抱孙子。只怕我……看不到了。"

云飞怔住，想到梦娴来日无多，自己和雨凤又前途茫茫，这个"孙子"，真的是遥遥无期。可怜的母亲，可怜她那微小的，却不能实现的梦！他的心中，就被哀愁和无奈的情绪，紧紧地捉住了。

云飞直到第三天，梦娴的病情稳定了，才有时间去萧家小院看雨凤。

雨凤看到他来，就惊喜交集了：

"这么一早，你跑来做什么？昨晚，阿超已经来过，把你家的情况都告诉我了！你爹答应揭掉告示，已经很不容易了，我们多休息几天，没有关系的！金银花说，不扣我们的薪水。你娘生病，你怎么不在家里陪着她，还跑出来干什么？不是她病得挺重吗？"

"不亲自来看你一趟，心里是千千万万个放不下。我娘……她需要休息，需要放宽心，我陪在旁边，她反而不自在。齐妈拼命把我赶出来，说我愁眉苦脸，会让她更加难过。"

"到底是什么病呢？"雨凤关心地问。

"西医说，肾脏里长了一个恶性肿瘤。中医说，肚子里有个'痞块'，总之，就是身体里有不好的东西。"

"没办法治吗？"

云飞默默摇头。

小四背着书包，在院落一角，跟阿超一阵嘀嘀咕咕。这时，小四要去上学了，阿超追在他后面，对他嚷嚷着：

"你不要一直让他，让来让去就让成习惯了，别人还以为你是孬种！跟他打，没有关系！"

雨鹃从房里追出来：

"阿超，你怎么尽教他跟人打架！我们送他去念书，不是打架的！"

"可是，同学欺负他，不打不行！"阿超生气地说。

雨鹃一惊，拉住小四：

"同学欺负你吗？怎么欺负你？"

"没有！没有啦！"小四一边挣扎，一边掩饰。

"怎么欺负你？哪一个欺负你？有人打你吗？骂你吗？"雨凤也追着问。

"没有！没有！我说没有，就是没有嘛！"

"你好奇怪，有话只跟阿超说，不跟我们说！"雨鹃瞪着他。

"因为阿超是男人，你们都是女人嘛！"

"可见确实有人欺负你！你不要让我们着急，说嘛！"雨鹃喊。

"到底怎么回事？"云飞看阿超。

阿超看小四，不说话。小四隐瞒不住了，一跺脚：

"就是有几个同学，一直说……一直说……"

"说什么？"雨鹃问。

"说你们的坏话嘛！说唱曲的姑娘都是不干不净的……"

雨鹃一气，拉着小四就走：

"哪一个说的？我跟你去学校，我找他理论去！"

"你去不如我去！"阿超一拦。

"你有什么立场去？"

"我是小四的大哥！我是你们的朋友！"

小四着急，喊：

"你们都不要去，我可以对付他们！我不怕，阿超已经教了我好多招数了，要打架，我会把他们打得落花流水！你们去了，我会被人笑死！"

"小四说得对！"云飞点点头，"学校里的世界，就是一个小小的社会，有它温馨的地方，也有它残酷的地方！不论是好是坏，小四都只能自己去面对！"

小四挺挺背脊，把书包带子拉了拉，一副要赴战场的样子：

"我走了！"

雨凤雨鹃都情不自禁地追到门口，两人都是一脸的难过，和一脸的不放心。

"你们的老师也不管吗？"雨凤喊。

"告老师的人是'没种'！我才不会那么低级！"说完，他昂头挺胸，大步走了。

阿超等小四走远了，对姊妹俩说：

"我跟着去！你们放心，我远远地看着，如果他能应付，也就算了，要不然，我不能让他吃亏！"说完，就追着小四去了。

雨鹃心里很不舒服，一甩头进屋去生气。

云飞低头看着雨凤，她垂着头，一脸的萧索。他急忙安慰：

"不要被这种小事打倒，不管别人说什么，你的人品和气质，丝毫都不会受影响！"

雨凤仍然低着头，轻声地说：

"人生是很残酷的，大部分的人，和小四的同学一样，早就给我们定位了！"

云飞怔了怔，知道她说的是实情，就无言可答了。

雨凤的哀愁，很快就被阿超给打断了。他去追小四，没多久就回来了，带着满脸的光彩，满眼睛的笑。一进门就比手画脚，夸张地说：

"小四好了不起！他就这样一挥拳，一劈腿，再用脑袋一撞，三个同学全被他震了开去，打得他们个个鼻青脸肿，哇哇大叫。当然，小四也挨了好几下，不过，绝对没让那三个占到便宜！打得漂亮极了！真是我的好徒弟，这些日子，没有白教他，将来，一定是练武的料子！"

云飞、雨凤、雨鹃、小三、小五全听得目瞪口呆。

"哇！四哥那么厉害呀？"小五崇拜地说。

"你有没有太夸张？他一个打三个怎么可能不吃亏？"雨鹃很怀疑。

"我跟在后面，会让他吃亏吗？如果他打不过，我一定出去帮忙了！"

"可是，他这样和同学结下梁子，以后怎么办？天天打架吗？"雨凤很着急。

阿超心悦诚服地喊着：

"你们真的不用操心小四了，他适应得非常好！你们没看到，打完了架，老师出来了，拼命追问打架的原因，小四居然一肩扛下所有责任，不肯说同学欺负他，反而说是大家练功夫，真是又义气、又豪放、又机警！那些同学都被他收服了，我可以打包票，以后没有人敢欺负他了！"

"听你这样侃侃而谈，大概，你也被他收服了！"雨鹃说。

阿超眉飞色舞，开心地喊：

"小四吗？他只有十岁耶，我佩服他，我崇拜他！"

雨鹃看着阿超，有着真心的感动：

"你和小四，如此投缘，我就把他交给你了！你好好照顾他！"

阿超也看着雨鹃，笑嘻嘻地问：

"这是不是表示，你对我们的敌意，也一笔勾销了？"

"我没有办法，去恨一个照顾我弟弟的人！"雨鹃叹口气。

云飞立刻接口，诚恳地说：

"那么，对一个深爱你姊姊的人，你能恨吗？"

雨鹃一怔，抬眼看看云飞，又看看雨凤：

"我早就投降了！我斗不过你们！"她就盯着云飞说："我只认苏慕白，不认展云飞！如果有一天，你对不起雨凤，我会再捅你一刀，我力气大，绝对不会像雨凤那样不痛不痒！至于你怎样可以只做苏慕白，不做展云飞，那就是你的问题了！"

云飞头痛地看雨凤。雨凤微微一笑：

"我昨天学到一句话，觉得很好！'路很长，要慢慢走，走急了，会摔跤！'"

云飞听了，怔着，若有所悟。

雨鹃听了，也怔住了，若有所思。

这晚，云翔带着天尧和随从，到了待月楼门口，嚣张地吆喝着：

"金银花！雨鹃！雨凤！我来解救你们了！这'封口'的事嘛，到此为止！你们还不出来谢我，幸亏我跟老爷子求情……"

云翔喊了一半，抬头一看，待月楼门前的告示早就揭掉了，不禁一愣。

云翔再一注意，就听到楼内，传来雨凤和雨鹃的歌声。他呆了呆，看天尧：

"谁把这告示揭了？好大的胆子！谁许她们姊妹两个又开唱的？纪叔不是说，今晚才可以取消禁令吗？"

天尧好诧异，抓抓头：

"嘿！这事我也搞不清楚！大概金银花急了，听说这两个妞儿不唱，待月楼的生意就一落千丈，所以，她们就豁出去，不管警察厅的命令了吧？"

"岂有此理！那怎么成？警察厅的告示，是随便可以揭掉的吗？这金银花也太大胆了！"他对着大门乱喊，"金银花！出来出来……"

这样一阵喧嚣，早就有人进去通报了。

金银花急急赶出来，身后，还跟着郑老板。金银花看到云翔就眉开眼笑地说：

"哎哟！展二少爷，你可来了！我还以为咱们待月楼得罪了你，你就再也不上门了呢！来得好，以前的不愉快，大家都别放在心上！两个丫头已经尝到滋味了，不敢再冒犯了！来来来！快进来坐……"

云翔盛气凌人地问：

"金银花，我问你！是谁揭了门口的告示？"

金银花还没说话，郑老板好整以暇地开口了：

"那个告示吗？是警察厅李厅长亲自揭掉的！已经揭了三

天了，怎么展二爷还不知道啊？"

云翔一愣，瞪着郑老板，不相信地：

"李厅长亲自揭的？"

金银花笑嘻嘻地说：

"是呀！昨晚，待月楼才热闹呢，李厅长和孙县长都来捧两个丫头的场，黄队长和卢局长他们全体到齐，几乎把待月楼给包了！好可惜，你们展家怎么不来凑凑热闹呢？"

云翔傻了，回头看天尧。天尧想想，机警地对郑老板一笑：

"哦，原来是这样！郑老板，您好大面子！不愧是'郑城北'啊！"

"哈哈！好说好说！"郑老板笑着。

云翔脸色十分难看，金银花忙上前招呼：

"大家不要站在这门口说话，里面坐！"

郑老板看着云翔：

"雨凤和雨鹃刚表演完，我呢，正和高老板赌得热火，你要不要加入我们玩玩？至于两个丫头上次得罪的事，已经罚过了，也就算了，你说是不是？"

"是啊！是啊！好歹，你们都是男子汉，还跟这小妞儿认真吗？宰相肚里能撑船嘛！"金银花笑着接口。

"不过今晚牌风蛮大的！"郑老板说。

"今晚，咱们好像没带什么钱！"天尧暗暗地拉了拉云翔的衣服。

云翔大笑：

"没带钱来没关系，能带钱走就好了！"

"展二爷，这郑老板的牌最邪门，手气又旺，我劝你还是不要跟他赌！高老板已经输得冒汗了！"金银花警告着。

云翔一听，埋头就往大厅走去：

"来来来！看看这天九王，是不是也是'北边'的？"

他们大步走进待月楼，大厅中，和以往一样，热热闹闹，喧喧哗哗。他们三个一落座，珍珠、月娥、小范就忙着上茶上酒。

金银花进入后台，带着雨凤和雨鹃出来。两姊妹已经换了便装，两人都已做好心理准备，带着满脸的笑，走了过来。

郑老板洗着牌，问云翔：

"我们玩大牌九，还是小牌九？"

"小牌九就好！一翻两瞪眼，简单明快！大牌九配来配去，太麻烦了！"

"好极！我也喜欢简单的！我们两个赌，还是大家一起来？"

"大家一起来吧！"高老板说。

"是啊！赌得正起劲！"许老板也说。

"你坐庄？还是我坐庄？"郑老板再问云翔。

"我来坐庄！欢迎大家押！押越大越好！"云翔意兴风发。

"好！你坐庄，我坐'天门'！雨鹃！准备筹码！"郑老板把牌推给云翔。

雨鹃捧了一盒筹码，走到云翔面前，嫣然一笑：

"展二爷，你要多少钱的筹码？"

云翔抬眼看她：

"哟！什么时候这么客气，居然叫我展二爷？今晚，有没有编什么曲儿来骂人呀？"

"被你吓坏了，以后不敢了，你大人不计小人过！"雨鹃娇笑着说。

"你是真道歉，还是假道歉呢？"云翔斜睨着她，"我看你是'吓不坏'的，反正，有郑老板给你撑腰，还有什么可怕呢？是不是？"

"不不不！你可怕，不管有谁给我撑腰，你永远是最'可恶'的，说错了，是最'可怕'的！好了，少爷，大家等着你开始呢，你要两百块？还是五百块？"

"云翔！别赌那么大！"天尧着急，低声说。

云翔有气，大声说：

"拿一千来！"

郑老板笑而不语。

大家开始热热闹闹发筹码，接着就开始热热闹闹地赌钱。

云翔第一把就拿了一副对子，通吃，他好得意，大笑不止。筹码全体扫到他面前。第二把，他又赢了。他更是笑得张狂，笑着笑着，一抬头看到雨凤。他忽然对雨凤感兴趣起来了：

"雨凤！你坐我身边，我赢了给你吃红！"

雨凤面有难色，金银花瞪她一眼，她只好坐到云翔身边来。云翔对她低声说：

"我跟你说实话，我对你一直非常非常好奇，你对我们家那个老大是真心呢，还是玩游戏？"

"我对你才很好奇！你是不是从小喝了好多墨水？"雨凤也低声说。

"啊？你觉得我学问好？"云翔听不懂。

"我觉得你的五脏六腑，心肝肠子，全是黑的！"

"骂人啊？"云翔好纳闷，"能唱着骂，能说着骂，还能拐弯骂！厉害厉害！"

谈笑间，云翔又赢了。他的心情太好，大笑着说：

"大家押呀！押呀！多押一点！不要客气！"

郑老板下了一个大注，其他两家跟进。

云翔狂笑着掷骰子，砌牌，发牌，嚣张之至。三家牌都不大好，高老板叹气，许老板毛躁，郑老板拿了一张一点，一张两点，云翔大乐：

"哇！今晚庄家的牌太旺了！金银花，雨凤！雨鹃！天尧！你们怎么都不插花？放着赢钱的机会都不会把握！笨啦！"

云翔一张牌是四点，开第二张牌。

高老板、许老板嘴里都吆喝着：

"六点！六点！"

云翔兴奋地叫着：

"对子！板凳！对子！板凳……"

云翔捂着牌，开上面一半，赫然是两个红点。这副牌极有可能是板凳对，也极有可能是六点。如果是板凳对，又是通吃。如果是六点，两张牌加起来就是十点，称为瘪十，瘪十是最小的牌，会通赔。大家紧张得不得了，天尧的眼珠瞪着云翔手里的牌。云翔嘴里喊得震天价响，再开下面一半，赫然是六点，竟是瘪十，通赔。

大家哗然，云翔大骂：

"岂有此理！是谁给我把瘪十喊来的？小心一点！别触我霉头！来来来，再押！再押……"

从这一把牌开始，云翔一路背了下去。桌上筹码，推来推去，总是推到别人面前。郑老板不愠不火，沉着应战。金银花笑容满面，从容观战。雨鹃不住给郑老板助威。雨凤静静坐着，不大说话。天尧代云翔紧张，不住扼腕叹气。

客人们逐渐散去，只剩下了这一桌。窗外的万家灯火，都已陆续熄灭。云翔输得面红耳赤，桌上的筹码，全部集中到郑老板面前。

高老板退出了，许老板也走了。桌上，剩下郑老板和云翔对赌。云翔不停地拿筹码付筹码，天尧不住地擦汗。雨凤雨鹃对看，乐在心头，心照不宣。珍珠、月娥在一边打瞌睡。

最后，云翔又拿了一个瘪十，丢下牌，跳起身大骂：

"真是活见鬼！我简直不相信有这种事！太离谱了！怎么可能这么背呢！"

天尧脸色铁青。

雨凤打了一个哈欠。

郑老板推开牌，站起身来：

"太晚了！耽误待月楼打烊了！展二爷，如果你兴致不减，我们明晚再来！"

"一言为定！"云翔大声说，看筹码，"我输了多少？"

"不到一千！八百二十！"金银花算着。

"郑老板，我先欠着！来，账本拿来！我画个押！"云翔喊。

"不急，不急！尽管欠着！还没赌完呢，明晚再来！"郑老板笑着。

金银花拿过账本和笔墨，云翔龙飞凤舞地签上名字。

账本啪的一声合上了。

从这一天开始，云翔成了待月楼的常客，他来这儿，不再是为了和雨凤雨鹃斗法，而是为了和郑老板赌钱。赌，是一样奇怪的东西，它会让人陷进一种莫名的兴奋里，取代你所有的兴趣，让你血脉偾张，越陷越深，乐此不疲。

云翔就掉进这份血脉偾张的刺激里去了。

和云翔相反，云飞却很少再到待月楼来了。他宁可在萧家小屋里见雨凤，宁愿把她带到山前水畔去，而避免在待月楼和云翔相见的尴尬场面。

这兄弟两个，和这姊妹两个，就这样度过了一段比较相安无事的日子。

17

　　对萧家姊弟来说，接下来的这段日子，真是难得那么平静。小三小四小五不用再去"恨"云飞和阿超，都如释重负，快乐极了。

　　这天，云飞和阿超带了一辆崭新的脚踏车，走进萧家小院。阿超把车子往院内一放，咧着大嘴，向拥到院中来看的五个兄弟姊妹笑。云飞站在旁边解释：

　　"我一直觉得，你们五个，缺乏一件交通工具！不论到哪儿，都是走路，实在有点没效率，所以，我买了一辆自行车来，你们可以轮流着用，上街买个东西，出门办点事，就不会那么不方便了！"

　　"你又变着花样给我们送东西来就对了！我不是说过不要这样子吗？这自行车好贵，根本是个奢侈品嘛！"雨凤说。

　　"衣食住行，它是其中一项，怎么能算是奢侈品呢？"云飞辩着。

小三、小四、小五早就跑过去，摸摸这儿，摸摸那儿，对那辆车子兴趣浓厚。雨鹃兴趣也大极了，走过去按了按车铃：

"可是，我们五个，没有一个会骑车啊！"

"那个嘛，包在我身上了！"阿超笑得更开心了。

结果，那天，全体都跑到郊外去学骑车。因为只有一辆车，不能同时学，大家干脆把风筝也带去了，算是郊游。当阿超在教雨鹃骑车的时候，小四和小五就在山坡上抢着放风筝，大家嘻嘻哈哈，笑得好高兴。雨凤和云飞，好久没有听到这样的笑声，看到这样的欢乐的画面，两人看着看着，想到这些日子以来，经历的种种事情，就都觉得已经再世为人了。

雨鹃骑在车上，骑得危危险险，歪歪倒倒，险象环生。阿超努力地当教练，推着车子跑，跑得满头大汗，紧紧张张：

"你扶稳了把手，不要摇摇晃晃地，身子要平衡，脚用力踩，对了，对了！越来越好！大有进步！"阿超一面跑着，一面教着。

小三在一边看，拼命给雨鹃加油：

"努力！努力！骑快一点！快一点！二姊，等你学会了，就轮到我了！阿超，是不是下面就轮到我了？"

"是啊！下面轮到你！"

小四从山坡上回头大叫：

"不行！下面要先轮到我！我学会了比较有用，每次帮你们跑腿买东西，就不会那么慢了！"

"我才比较有用，你现在都在上学，跑腿都是我在跑！"小三喊。

阿超扶着车，跑着，喊着：

"没关系！没关系！一个一个来，保证全体教会你们……"

正说着，车子到了一个下坡，向下飞快滑去，阿超只得松手。

"我松手了！你自己控制车子……"阿超喊着。

"什么？你松手了？"雨鹃大叫，回头看了一眼，"不得了！阿超……阿超……你怎么能松手呢？怎么办？怎么办……"她尖叫起来。

"扶稳龙头，踩脚刹车，按手刹车……"阿超大喊着，看看情况不对，又冲上前去追车子。

"脚刹车在哪里？手刹车在哪里？不得了……不得了！阿超……前面有一棵树呀！树……树……树……"她急着按手刹车，慌乱中按成了车铃。

"转开手龙头！往右转！往右转……"阿超急喊。

雨鹃急转手龙头，却偏偏转成左方，于是车子就一面丁零丁零地响，一面对着那棵树笔直地冲过去。

雨凤、云飞、小三、小四、小五全都回过头来，雨凤惊喊：

"小心呀！雨鹃……"

就在这千钧一发的时候，阿超飞跃上前，一把拉住车子的后座。岂知，车子骤然一停，雨鹃的身子就飞跃出去。阿超抛下车子，腾身而起，蹿到车子前方，伸手一接。她不偏不倚，正好滚进他的怀里，这股冲力，把两人都撞到地下。他本能地抱紧她，护着她的头。两人在斜坡上连续滚了好几滚，刺啦一声，阿超的衣袖被荆棘扯破了。总算，两人停住了，没有继续下滑。雨鹃惊魂未定，抬眼一看，和阿超灼灼然的眸子，四目相接，两人都有一刹那的怔忡。

雨凤、云飞、小三、小四、小五全都追了过来。云飞喊：

"摔着没有？阿超！你怎么不照顾好雨鹃？"

"雨鹃！你怎样？站得起来吗？"雨凤跟着喊。

雨鹃这才醒觉，自己还躺在阿超怀里，急忙跳起来，脸红了。

"我没事！我没事！"她喊着，低头看阿超，"有没有撞到你？"

阿超从地上弹了起来，笑着说：

"撞是没撞到，不过，给树枝刮了一下！"

"哪儿？哪儿？给我看看！"雨鹃一看，才发现阿超的袖子扯破了一大片，手臂上刮了一条伤口。

小三跑过来看：

"二姊，你真笨，骑个车，自己摔跤不说，还让老师受伤！"

"你敢骂我笨，等你自己学的时候就知道了！"雨鹃对小三掀眉瞪眼。

"还真有点笨，我跟你说往右转，你怎么偏偏往左转？"阿超笑着问。

雨鹃瞪大眼睛，也笑着，嚷：

"那么紧张，哪里还分得清左呀右呀，手刹车，脚刹车的！最气人的是那棵树！它居然待在那儿不动，看到本姑娘来了，听到车铃叮叮当当响，也不让让！"

这一说，大家全都笑开了。

小五一手拖着风筝，一手抱着小兔子，笑得好开心，崇拜地说：

"二姊，你摔得好漂亮，就这样咻的一声飞出去，好像箭一样！"

小四不服气地大声接口：

"是阿超接得漂亮！先蹿过去接车子，再一伸手接人，好像在表演功夫！"

阿超和雨鹃对看一眼，笑了。雨凤和云飞对看一眼，也笑了。小三、小四、小五通通都笑了。

云飞看到大家这么快乐，这么温馨，心里充满了安慰和感动。雨凤也是如此。悄悄地，两人离开了大伙，走到山林深处。站在绿树浓荫下，面对浮云白日，万树千山。两人都有好深好深的感慨。

"在经过了那么多灾难以后，我简直不敢相信，会有这样温馨的一天！我娘的身体状况稳住了，我的伤口也完全好了，你对我的恨……"云飞凝视她，"慢慢地淡了，连雨鹃，似乎都从仇恨中醒过来了。这一切，使我对未来又充满了希望，你瞧，我们大家不去恨，只去爱，可以过得好快乐，不是吗？"

雨凤沉思，似乎没有云飞那么乐观：

"你不要被雨鹃暂时的平静骗住，我知道，她最近心情好，是另有原因。"

"什么原因？"

"你也看到了，你那个弟弟，最近很倒霉！输了好多钱给郑老板和高老板他们，已经快变成待月楼的散财童子了！只要展夜枭倒霉，雨鹃就会很快乐！但是，她心里的恨，还是波涛汹涌，不会消失的！"

"云翔输了很多吗？有多少？"云飞不能不关心。

"我不清楚。他每次好像都是赢小的，输大的！反正是越赌越大就对了！我想，你家有万贯家财，才不在乎输钱，可是，那些数字，常常会吓坏我！人，真不公平，有人一个晚上，千儿八百地输，有人辛辛苦苦，一辈子都看不到那么多钱！"

"他赌那么大，拿什么来付呢？我家虽然有钱，什么开销都要入账的，他怎么报账呢？"云飞很惊异。

"那就是你家的事了！好像他一直在欠账，画了好多押！"

云飞想想，有些惊心。再看雨凤，临风而立，倩影翩翩，实在不想让云翔的话题来破坏这种美好的气氛，就用力地甩甩头，把云翔的影子甩走：

"我们不要管云翔了，随他去吧！"他抓住她的手，看进她眼睛深处去。心里有句话，已经萦绕了好久，不能不说了："你愿不愿意离开待月楼？你知道吗？这种日子对我来说，很痛苦！我每晚看着那些对你垂涎欲滴的男人，心里七上八下。看着，会恼。不看，好担心！这种日子，实在是一种煎熬！"

雨凤一听，就激动起来：

"说穿了，你就是很在乎我的职业！其实，你和你的家人一样，对我们这个工作，是心存轻视的！"

"不是轻视，是心痛！"

"说得好听，事实上，还是轻视！如果我是个女大夫什么的，即使也要和男人打交道，你就不会'心痛'了！"

"我承认，我确实不舒服！难道，你认为我应该很坦然吗？当那个高老板色眯眯地看着你，当许老板有事没事，就去拉拉你的小手，当金银花要你去应酬这桌，应酬那桌，当客人吵着闹着要你喝酒……你真认为我应该无动于衷吗？"

她抬眼，幽幽地看着他：

"我知道，我和你之间，问题还是很多很多，一样都没有解决！基本上，我对展家的排斥，并没有减轻一丝一毫。我和以前一样坚决，我不会嫁到展家，去做展家的儿媳妇，我爹在天上看着我呢！既然对未来没把握，我宁愿在待月楼自食其力，不愿意被你'金屋藏娇'，我说得够明白了吗？"

他震动地盯着她，是的，她说得好明白。"金屋藏娇"对她来说，比唱曲为生，是更大的辱没，这就是她自幼承继的"尊严"。他还来不及说什么，雨凤又正色地，诚挚地说：

"不过，让我郑重地告诉你，我虽然在那个恶劣的环境里生存着，我仍然洁身自爱，是清清白白、干干净净的！"

云飞心中猛然抽痛，他着急地把她的手紧紧一握，拉在胸前，激动地说：

"我不是这个意思，如果我有怀疑这个，让我被天打雷劈！"

她深深地凝视他：

"我跟你保证，如果有一天，我真的嫁给了你，我交给你的，一定是个白璧无瑕的身子！"

"雨凤！"他低喊。

"所以，你不要再挑剔我的职业了，我好无能，除了唱小曲，也不会做别的！"

"我不说了！我再也不说了，我尊重你的意志！但是，你什么时候才要嫁我呢？嫁了我，就不算被我'金屋藏娇'了，是不是？"

"你身上的伤口已经好了，我们一家五口，心上的伤口都没好！直到现在，我们每个人都会从噩梦中惊醒，看到我们浑身着火的爹……请你不要勉强我，给我时间去复元。何况，你的爹娘，也没准备好接受我！我们双方，都有太多的阻力……如果你愿意等我，你就等，如果你不愿意等我，你随时可以娶别人！"

"你又来了！说这句话，真比拿刀捅我，还让我痛！"他紧紧地看着她，看得深深切切，"我等！我等！我不再逼你了，能够有今天，和你这样愉快地在一起，听着小三、小四、小五，甚至雨鹃的笑声……在以前，我连这样的梦都不敢做！所以，我不该再苛求了，应该全心来珍惜现在所拥有的！"

雨凤点头，两人都深情地看着对方，他轻轻一拉，她就偎进了他的怀里。他们就这样静静地站着，听着风声，听着鸟鸣。野地里有一棵"七里香"，散发着清幽幽的香气，空气里荡漾着醉人的秋意，他们不由自主，就觉得醺然如醉了。

那天，大家都玩得好开心，笑得好过瘾，学骑车学得个个兴高采烈。

学完了骑车，回到萧家小屋，雨鹃不由分说，就把阿超拉到里间房的通铺上，忙着帮他上药。阿超褪下了衣袖，坐在那儿，好不自然，手脚都不知道往哪儿放。雨鹃上药，小三、小四、小五全围在旁边帮忙。房间太小，人挤不下，雨凤和云飞站在通外间屋的门口，笑嘻嘻地看着这一幕。小五不住口地吹着伤口，心痛地喊：

"阿超大哥，我帮你吹吹，就不痛了，我知道上药好痛！"

"二姊，你给他上什么药？"小三问。

"这个吗？是上次医院给小五治烫伤的药，剩下好多，还没用完！"

小四很怀疑，眼睛一瞪：

"治烫伤的药？二姊，你不如拿红药水给他擦擦就算了！这烫伤药可以治伤口吗？不要越治越糟啊！"

阿超笑嘻嘻地说：

"只要不用毒老鼠的药，什么药都没关系！其实，我这一点点擦伤，根本就不用上药，你们实在太小题大做了！"说着，就要穿衣服。

雨鹃把他的身子，用力拉下来：

"你别动，衣服也脱下来，我帮你缝缝！"

"那怎么敢当！"

"什么敢当不敢当的！说这种见外的话！喂喂，你可不可以不要动，让我把药上完呢？"她忽然发现什么，看着阿超的肩膀，"你肩膀上这个疤是怎么弄的？不是上次被展夜枭打的，这像是个旧伤痕了！"

"那个啊？小时候去山里砍柴，被野狼咬了一口！"阿超毫不在意地说。

"真的还是假的？"雨鹃瞪大眼睛问。

"野狼啊？你跟野狼打架吗？"小三惊喊。

"野狼长什么样子？"小五问。

"它咬你，那你怎么办呢？"小四急问。

"它咬我，我咬它！"

"真的还是假的？"雨鹃又问。

小三、小四、小五的眼睛都张得滴溜圆，不敢相信地看着他。

"是真的！当时我只有八岁，跟小五差不多大，跟着我叔叔过日子，婶婶一天到晚让我做苦差事，冬天，下大雪，要我去山里砍柴，结果就遇到了这匹狼！"他挣开雨鹃上药的手，比手画脚地说了起来，"它对我这样扑过来，我眼睛一花，看都没看清楚，就被它一口咬在肩上，我一痛，当时什么都顾不得了，张开嘴，也给它一口，也没弄清楚是咬在它哪里，反正是咬了一嘴的毛就对了！谁知，那只狼居然给我咬痛了，松了口嗷嗷叫，我慌忙抓起身边的柴火，没头没脑地就给了它一阵乱打，打得它逃之夭夭了！"

小三、小四、小五听得都发呆了。

"哇！你好勇敢！"小五叫。

"简直太神勇了！"小四叫。

站在门边的云飞笑了：

"好极了，你们大家爱听故事，就让阿超把他身上每个伤痕的故事都讲一遍，管保让你们听不完！而且，每一个都很精彩！"

"好啊！好啊！阿超大哥，你讲给我们听！我最爱听故事！"小五拍手。

雨鹃凝视阿超，眼光里盛满了怜恤：

"你身上有好多伤痕吗？在哪里？给我看！"她不由分说，就去脱他的上衣。

阿超大窘，急忙扯住衣服，不让她看，着急地喊：

"雨鹃姑娘，别看了，几个伤疤有什么好看的？"

雨鹃抬眼看他，眼光幽柔：

"阿超，我跟你说，以后，你可不可以把对我的称呼省两个字？每次叫四个字，啰不啰唆呢？我的名字只有两个字，你偏要叫得那么复杂！"

阿超一愣：

"什么四个字、两个字的？"他糊里糊涂地问。

"叫雨鹃就够了！姑娘两个字可以省了！"雨鹃大声说。

阿超愣了愣，抬眼看雨鹃，眼神里有怀疑、有惊喜、有不信、有震动……雨鹃迎视着他，被他这样的眼光搅得耳热心跳了。

门口的雨凤，看看云飞，眼中，闪耀着意外之喜。

接下来，日子几乎是"甜蜜"地流逝。

秋天的时候，萧家五个姊弟，都学会了骑车，人人都是骑车的高手。以前，大家驾着马车出游，现在，常常分骑三辆自行车，大的载小的，跑遍了桐城的山前水畔。

这晚，姊妹俩从待月楼回到家里。两人换了睡衣，上了床。雨鹃嘴里，一直不自禁地哼着歌。

"雨鹃，你最近好开心，是不是？"雨凤忍不住问。

"是呀！"雨鹃兴高采烈地看雨凤，"我告诉你一件事，郑老板说，展家在大庙口的那家当铺，已经转手了！"

"谁说的？是郑老板吗？是赢来的？"

"大概不完全是赢来的，他们商场的事，我搞不清楚！但是，郑老板确实在削弱'南边'的势力！我已经有一点明白郑老板的做法了，他要一点一滴地，把南边给蚕食掉！再过几年，大概就没有'展城南'了！"

"你的高兴，就只为了展夜枭的倒霉吗？"

"是呀！他每次大输，我都想去放鞭炮！"

"有没有其他原因呢？我觉得，可能还有其他原因，你自己都不知道！"

"有什么其他原因？"

雨凤看了她一眼：

"雨鹃，我好喜欢最近的你！"

"哦？最近的我有什么不同吗？"

"好多不同！你快乐，你爱笑，你不生气，你对每个人都好……自从爹去世以后，这段时间，你是最'正常'的！你不知道，这样一个快乐的你，让我们每一个人都好快乐！原来，快乐或者是悲哀，都有传染性！"

"是吗？"

"是！最主要的，是你最近不说'报仇'两个字了！"

雨鹃沉思不语。

"你看！我以前就说过，如果我们可以摆脱仇恨，说不定我们可以活得比较快乐！现在就证实了我这句话！"

雨鹃倒上枕头，睁大眼，看着天花板。雨凤低下头，深深地看她：

"实在忍不住想问你一句话，你心里是不是喜欢了一个人？"

"谁？"雨鹃装糊涂。

"我也不知道，我要你告诉我！"

"哪有什么人？"雨鹃逃避地说，打个哈欠，翻身滚向床里，"好困！我要睡觉了！"她把眼睛闭上了。

雨凤推着她：

"不许睡！不许睡！"她伸手呵她的痒："起来！起来！人家有心事都告诉你！你就藏着不说！起来！我闹得你不能睡！"

雨鹃怕痒，满床乱滚，笑得格格格格的。她被呵急了，反手也来呵雨凤的痒。姊妹两人就开始了一场"呵痒大战"，两人都笑得喘不过气来，把一张床压得吱吱嘎嘎。好半天，两人才停了手，彼此互看，都感到一份失落已久的温馨。雨鹃不禁叹口气，低低地说：

"我不知道我心里有什么人，只觉得有种满足，有种快乐，是好久好久都没有的，我不得不承认了你的看法，爱，确实比恨快乐！"

雨凤微笑，太高兴了。心里，竟然萌生出一种朦胧的幸福感来。

天气渐渐凉了，这天，雨鹃骑着自行车，去买衣料。家里五个人，都需要准备冬衣了。她走进一家绸缎庄，把脚踏车停在门口，挑好了衣料：

"这个料子给我九尺！那块白色的给我五尺！"

"是！"老板介绍，"这块新到的织锦缎，要不要？花色好，颜色多，是今年最流行的料子，你摸摸看！感觉就不一样！"

雨鹃看着，心里好喜欢，低头看看钱袋，就犹豫起来：

"好看是好看，就是太贵了，算了吧！"

一个声音忽然在她身后响起：

"老魏！给她一丈二，是我送的！"

雨鹃一回头，就看到云翔挺立在门口，正对她笑嘻嘻地看着。她一惊，喊：

"谁要你送！我自己买！"

"到展家的店里来买东西，给我碰到了，就没办法收钱了！"云翔笑着说。

"这是你家的店？"

"是啊！"

雨鹃把所有的绸缎，往桌上一扔，掉头就走：

"不买了！"

她去推车子，还没上车，云翔追了过来：

"怎么？每天晚上在待月楼见面，你都有说有笑，这会儿，你又变得不理人了？难道，我们之间的仇恨，到现在都还没消吗？你要记多久呢？"

"记一辈子！消不了的！"

"别忘了，我们还有一吻之情啊！"云翔嬉皮笑脸。

雨鹃脸色一板，心中有气：

"那个啊！不代表什么！"

"什么叫作'不代表什么'？对我而言，代表的事情可多了！"

"代表什么？"

"代表你在我身上，用尽心机！为了想报仇，无所不用其极，连'美人计'都施出来了！"

"你知道自己有几两重就好了！如果误以为我对你有意思，那我才要怄死！"

"可是，自从那天起，说实话，我对你还真的念念难忘！就连你编着歌词骂我，我听起来，都有一股'打情骂俏'的味道！"

"是吗？所有的'贱骨头'，都是这样！"

"奇怪，你们姊妹两个，都会用各种稀奇古怪的方法骂人！"

"反正是'打情骂俏'，你尽量去享受吧！"雨鹃说完，准备上车。

"你要去哪里？"他一拦。

"你管我去哪里？"

他不怀好意地笑：

"我要管！我已经跟了你老半天了，就是想把那天那个'荒郊野外'的游戏玩完，我们找个地方继续玩去！你要报仇，欢迎来报！"

雨鹃扶住车子，往旁边一退：

"今天本姑娘不想玩！"

"今天本少爷就想玩！"云翔往她面前一挡。

雨鹃往左，云翔往左，雨鹃往右，云翔往右，雨鹃倒退，云翔跟进。雨鹃始终无法上车。她发现有点麻烦，就站定了，对他展开一个非常动人的笑：

"你家有娇妻，你不在家里守着你那个得来不易的老婆，每天晚上在待月楼混，白天还到外面闲逛，你就不怕你那个老婆'旧情复燃'吗？"

云翔大惊失色，雨鹃这几句话，可歪打正着，刺中了他心里最大的隐痛。他的脸色倏然变白：

"你说什么？谁在你面前多嘴了？那个伪君子是吗？他说些什么？"他对她一吼："他怎么说的？"

她知道刺到他了，不禁得意起来：

"慕白吗？他才不会去说这些无聊的事呢！不过，整个桐城，谁不知道你展二少爷的故事呢？谁不知道你娶了纪天尧的妹妹，这个妹妹，心里的情哥哥，可不是你哟！"

"是谁这样胡说八道，我宰了他！"他咬牙切齿。

"你要宰谁？宰全桐城的人吗？别说笑话了！反正，美人不是已经到手了吗？"她眼珠一转，再接了几句话，"小心小心啊！那个'情哥哥'可比你有格调多了！只怕流水无情，落花还是有意啊！"

雨鹃这几句话，可把他刺得天旋地转，头昏眼花。尤其，她用了"格调"两个字，竟和天虹批评他的话一模一样，他就更加疑心生暗鬼，怒气腾腾了。他咆哮起来：

"谁说我没格调？"

"你本来就没格调！这样拦着我的路，就是没格调！其实，你大可做得有格调一点，你就是不会！"

"什么意思？"

"征服我！"

"什么？"

雨鹃瞪着他，郑重地说：

"你毁了我的家，害死我的爹，我恨你恨入骨髓，这一点，我相信是你知我知天知地知。如果你有种，征服我！让我的恨化为爱，让我诚心诚意为你付出！那么，你才是一个真正的男子汉！"

云翔死瞪着她，打鼻子里哼了一声，不住摇头：

"那种'征服'，我没什么把握，你太难缠！而且，你这种'激将法'对我没什么大用，既然说我没格调，就没格调！我今天跟你耗上了！"

雨鹃发现情况不妙了，推着车子，不动声色地往人多的地方走。云翔一步一趋，紧跟过去。走到了人群之中，她忽然放声大叫：

"救命啊！有小偷！有强盗！抢我的钱袋呀！救命啊……"

街上熙来攘往的人群都惊动了，就有一大群人奔过来支援，叫着：

"哪里？小偷在哪里？"

雨鹃对云翔一指：

"就是他！就是他！"

路人全都围过去，有的喊打，有的喊捉贼，云翔立刻陷入重围，脱身不得。雨鹃趁乱，骑上脚踏车，飞驰而去。

云翔陷在人群中，跟路人纠缠不清，急呼：

"我不是小偷，我不是贼！你们看看清楚，我像是贼吗？"

路人七嘴八舌喊：

"那可说不定！搜搜看，有没有偷了什么！别给他逃了……"

云翔伸长脖子，眼见雨鹃脱身而去，恨得咬牙切齿，跺脚挥拳。

雨鹃摆脱了云翔的纠缠，生怕他追过来，拼命踩着脚踏车，逃回家里。车子冲进小四合院，才发现家里有客人。

原来，这天，梦娴和齐妈出门去上香，上完了香，时辰还早，梦娴心里一直有个念头，压抑好久了。这时候，心血来潮，怎么都压抑不住了。就带着齐妈，找到了萧家小院，成了萧家的不速之客。

梦娴和齐妈敲门的时候，雨凤正在教小三弹月琴。听到门声，她抱着月琴去开门。门一开，雍容华贵的梦娴和慈祥温和的齐妈，就出现在她眼前。

"请问，你是不是萧雨凤萧姑娘？"梦娴凝视着雨凤问，看到雨凤明艳照人，心里已经有了数。

雨凤又惊奇又困惑，急忙回答：

"我就是！你们是……"

"我是齐妈……"齐妈连忙介绍，"这是我们家太太！"

"我是云飞的娘！"梦娴温柔地接口。

雨凤手里的月琴，叮咚一声，掉到地上去了。

接着，雨凤好慌乱，小三和小五，知道这是"慕白大哥"的娘，也跟着雨凤忙忙乱乱。雨凤把梦娴和齐妈迎进房里，侍候坐定，就去倒茶倒水。小三端着一盘花生，小五端着一盘瓜子出来。雨凤紧紧张张地把茶奉上，再把瓜子花生挪到两人面前，勉强地笑着说：

"家里没什么东西好待客，吃点瓜子吧！"回头看小三、小五："过来，喊伯母呀！"又对梦娴解释："这是小三和小五，小四上学去了！"

小三带着小五，恭恭敬敬地一鞠躬：

"两位伯母好！"

"好好好！好乖巧的两个孩子，长得这么白白净净，真是漂亮！"梦娴说。

小五看到梦娴慈祥，忍不住亲切地说：

"我很丑，我头上有个疤，是被火烧的！"她拂起刘海给梦娴、齐妈看。

雨凤赶紧说明：

"她从小就是我爹的宝贝，爹常说，她是我们家最漂亮的女儿。寄傲山庄火烧那晚，她陷在火里，受了伤，额上留了疤，她就耿耿于怀。我想，这个疤在她心里烙下的伤痕，更大过表面的伤痕！"

梦娴听雨凤谈吐不凡，气质高雅，不禁深深凝视她。心里，就有些欢喜起来。

齐妈忍不住怜爱地看小五，用手梳梳她的刘海，安慰着：

"不丑！不丑！根本看不出来，你知道，就连如来佛额上，还有个包呢！对了……你那个小兔儿怎么样？"

"每天我都带它睡觉，因为它有的时候会做噩梦！我要陪着才行！"

雨凤对齐妈感激至深地看了一眼：

"谢谢你！那个小兔儿，让你费心了！"

"哪儿的话？喜欢，我再做别的！"齐妈慌忙说。

雨凤知道梦娴一定是有备而来，有话要说，就转头对小三说：

"小三，你带小五去外面玩，让大姊和伯母说说话！"

小三就牵着小五出去了。

雨凤抬头看着梦娴，定了定心，最初的紧张，已经消除了大半：

"前一阵子，听慕白说，伯母的身体不大好，现在，都复元了吗？"

梦娴听到"慕白"二字，微微一愣，更深刻地看她：

"我的身子没什么，人老了，总有些病病痛痛。倒是和你家小五一样，心里总烙着一个疙瘩，时时刻刻都放不下，所以，今天就这样冒冒失失地来了！"她顿了顿，直率地问："我刚刚听到你喊云飞为'慕白'？"

雨凤立即武装起来，接口说：

"他的名字没有关系，是不是？就像小三、小四、小五，我爹都给他们取了名字，我们还是叫他们小三小四小五。"

梦娴盯着她，看了好一会儿，忽然问：

"你真的爱他吗？真的要跟他过一辈子吗？"

雨凤一惊，没料到梦娴这样直接地问出来，整个人都怔了。

"我可能问得太直率了，可是，对一个亲娘来说，这是一个很重要的问题，不问清楚，我夜里连觉都睡不着！最近一病，人就更加脆弱了！好想了解云飞的事，好想帮助他！生怕许多事，现在不做，将来就晚了。你可以很坦白地回答我，这儿，就我们三个，没有什么不能说的！"梦娴真诚地说着。

雨凤抬头直视着梦娴，深吸口气：

"伯母，我真的爱他，我很想跟他过一辈子！如果人不止一生，我甚至愿意跟他共度来生！"

梦娴震撼极了，看着雨凤。只见她冰肌玉肤，明眸皓齿。眼睛，是两潭深不可测的深泓，唇边，是无尽无尽的温柔。梦娴心里，就涌上了无法遏止的欣喜：

"雨凤啊，这话你说出口了，我的心也定了！可是，当你爱一个人的时候，你一定要爱他所有的一切！你不能只爱他某一部分，而去恨他另一部分，那样，你会好痛苦，他也会好痛苦！"

"我知道！所以，有的时候，我宁愿我们两个都很勇敢，可以拔慧剑，斩情丝！"雨凤苦恼地说。

"你的意思是……"梦娴不解。

"我不会进展家的大门！他对我而言，姓苏，不姓展！"雨凤冲口而出。

"那么，如果你们结婚了，我是你的苏伯母吗？你们将来生了孩子，姓苏吗？孩子不叫我奶奶，不叫祖望爷爷吗？你们家里供的祖宗牌位，是苏某某人吗？清明节的时候，你们去给不存在的苏家祖坟扫墓吗？"

一连串的问题，把雨凤问倒了。她睁大眼睛，愕然着。

"你看，现实就是现实，跟想象完全不一样。云飞有根有家，不是一个从空中变出来的人物，他摆脱不掉'展'家的印记，永远永远摆脱不掉！他有爹有娘，还有一个让所有人头痛的弟弟！不管是好的，还是坏的，都是他生命的一部分，你无法把他切成好几片，选择你要的，排除你不要的！"

雨凤猛地站起来，脸色苍白：

"伯母，我懂了！你的意思是……要我离开慕白？"

梦娴也站起身来，诚挚地说：

"听我说！我不是来拆散你们的！你误会了！我本来只是想看看你，看看这个捅了云飞一刀，却仍然让云飞爱得神魂颠倒的姑娘，到底是怎样一个人！今天见到了你，你完全出乎我的意料，这么冰雪聪明，纤尘不染！我不知不觉地就喜欢你了！也终于明白云飞为什么这样爱你了！"

雨凤震撼了，深深地看着她。梦娴吸口气，继续说：

"所以，我才说这些话，雨凤啊！我的意思正相反，我要你放弃对'展家'的怨恨，嫁给'云飞'！我的岁月已经不多，没有时间浪费了！你是云飞的'最爱'，也是我的'最爱'了！即使你有任何我不能接受的事，我也会一起包容！你，难道不是这样吗？"

这样一篇话，使雨凤整个撼动了。她目不转睛地看着梦娴，感动而痛楚着。半晌，才挣扎地说：

"伯母，你让我好感动！我一直以为，像你们那样的家庭，是根本不可能接受我的！我一直想，你会歧视我，反对我！今天听到你对我的肯定，对我的包容，我觉得，这太珍贵了！"说着，眼泪就掉下来了。

梦娴一见到她落泪，更是感动得一塌糊涂，冲过去，就把她的手，紧紧地握在胸前：

"孩子啊，我知道你爱得好辛苦，我也知道云飞爱得好痛苦，我真的不忍心看着你们这样挣扎而矛盾地爱着，把应该朝夕相守的时间全部浪费掉！雨凤，我今天坦白地告诉你，我已经不再排斥你了！你呢？还排斥我吗？"

"伯母，我从来没有排斥过你！我好感激你生了慕白，让我的人生，有了这么丰富的收获，如果没有他，我这一生，都白活了！"

梦娴听到她如此坦白的话，心里一片热烘烘，眼里一阵湿漉漉：

"可是，我是展家的夫人啊！没有祖望，也同样没有你的'慕白'！"

雨凤又愣住了。梦娴深深地看她，发自肺腑地说：

"不要再恨了！不要再抗拒展家了！好不好？只要你肯接受'展家'，我有把握让祖望也接受你！"

雨凤更痛苦，更感动，低喊着说：

"谢谢你肯定我，谢谢你接受我！你这么宽宏大量，难怪慕白有一颗热情的心！今天见了你，我才知道慕白真正的'富有'是什么！我好希望能够成为你的媳妇，和你共同生活，共同去爱慕白！但是，伯母，你不了解……"她的泪珠滚滚而下，声音哽咽："我做不到！我爹死的那个晚上，一直鲜明如昨日！"

梦娴叹口气，温柔地说：

"好了好了，我现在不勉强你！能爱自己的爹，才能爱别人的爹！我不给你压力，只想让你明白，你，已经是我心里的媳妇了！"

雨凤感动极了，喊了一声伯母，就扑进她怀中。

梦娴紧拥着她，两人都泪汪汪。齐妈也感动得一塌糊涂，拭了拭湿润的眼角。

就在这充满感性的时刻，雨鹃气急败坏地回来了。她一冲进大门，就急声大喊：

"小三！赶快把门闩上！快！快！外面有个瘟神追来了！"

雨凤、梦娴和齐妈都惊动了，慌忙跑到门口去看。只见雨鹃脸孔红红的，满头大汗，把车子扔在一边，立即去闩着大门。雨凤惊奇地问：

"你干什么？"

雨鹃紧张地喊：

"快快！找个东西来把门顶上！"

这时，大门已经被拍得震天价响，门外，云翔的声音气呼呼地喊着：

"雨鹃！你别以为你这样一跑，就脱身了！赶快开门，不开，我就撞进来了！大门撞坏了，我可不管！"

雨凤大惊，问雨鹃：

"你怎么又惹上他了？"

"谁惹他了？我买料子，他跟在我后面，拦住我的车子不许我走，怎样都甩不掉！"

梦娴和齐妈面面相觑，震惊极了。梦娴走过来，问：

"是谁？难道是云翔吗？"

雨鹃惊奇地看梦娴和齐妈，雨凤赶紧介绍：

"这是慕白的娘，还有齐妈！这是我妹妹雨鹃！"

雨鹃还没从惊奇中醒觉，门外的云翔，已经在嚣张地拍门，撞门，踢门，捶门……快把大门给拆下来了，嘴里大喊大叫个不停：

"雨鹃！你就是逃到天上去，我也可以把你抓下来，别说这个小院子了！你如果不乖乖给我出来，我就不客气了……"

雨鹃看着梦娴和齐妈，突然明白了！这是慕白的娘，也就是展家的"夫人"了。她心里一喜，急忙说：

"好极了，你既然是展家的夫人，就拜托帮我一个忙，快把外面那个疯子打发掉！拜托！拜托！"

梦娴还没闹清楚是怎么回事，雨鹃就一下子打开了大门。

云翔差点跌进门来，大骂：

"你这个小荡妇，小妖精，狐狸精……"一抬头，发现自己面对着梦娴和齐妈，不禁吓了一大跳："怎么？是你们？"

梦娴惊愕极了，皱了皱眉头：

"你为什么这样撞人家的大门？太奇怪了！"

云翔也惊愕极了：

"嘿嘿！你们在这儿，才是太奇怪了！"想想，明白了，对院子里扫了一眼，有点忌讳："是不是老大也在？阿超也在？原来你们大家在'家庭聚会'啊！真是太巧了，我们跟这萧家姊妹还真有缘，大家都会撞在一堆！算了，你们既然要'会亲'，我先走了！"

云翔说完，一溜烟地去了。

雨鹃急忙将门关上。小三已经冲上前来，抓着雨鹃，激动地问：

"这个'大坏人'怎么又出现了？他居然敢来敲我们的大门，不是太可怕了吗？"

小五吓得脸色苍白，奔过来投进雨凤怀里，发着抖说：

"大姊，我记得他！他把我们的房子烧了，他打爹，打你们，他就是那天晚上那个人，那个骑着大马的魔鬼啊！"她害怕地惊喊："他会不会再烧我们的房子？会不会？会不会……"

雨凤紧紧抱着她：

"不怕不怕！小五不怕！没有人再会烧我们的房子，不会的，不会的……"

梦娴震惊地看着，这才体会到那晚的悲剧，怎样深刻地烙印在这几个姊妹的身上。亲眼目睹云翔的拍门、踹门，这才体会到云翔的嚣张和肆无忌惮。她看着，体会着，想着云飞说的种种……不禁代这姊妹几个，心惊胆战。也代展家，忧心忡忡了。

18

就在梦娴去萧家的时候，云飞被祖望叫进了书房。把一本账册往他面前一放，祖望脸色阴沉地说：

"你给我好好解释一下，这是怎么一回事？虎头街的钱去了哪里？"

云飞沉不住气了：

"爹！你的意思是说，我把虎头街的钱用掉了，是不是？虎头街那个地区的账，你到底有多久没管了？这些年，都是纪总管、天尧和云翔在管，是不是？"

"你不用管他以前怎样，只说你经手之后怎样！为什么亏空那么多？你给我说个道理出来！"祖望生气地说。

"当你有时间的时候，应该去这些负债的家庭看看！他们一家家都有几百种无法解决的问题，生活的情况更是惨不忍睹！他们最大的错误，就是误以为'盛兴钱庄'可以帮助他们，而抵押了所有值钱的东西，结果利滚利，债务越来越大，只好再借再押，弄得倾家荡产，一无所有！现在，我们钱庄有很多借据，有很多抵押，就是收不到钱！"

"收不到钱？可是，账本上清清楚楚，好多钱你都收到了！"

"那不是'收到'了，那是我把它'注销'了！"

"什么意思？"

"好像冯谖为孟尝君所做的事一样，就是'长铗归来乎'那个故事。冯谖为孟尝君'市义'，爹，我也为你'市义'！"

祖望跳起身子，不可思议地瞪着他：

"你干什么？你把那些借据和抵押怎样了？"

"借据毁了，反正那些钱，你几辈子也收不回来！"

"你把它做人情了？你把它毁了？这样经营钱庄？怪不得亏损累累！你还有脸跟我提什么'孟尝君'！"他把桌子一拍，气坏了，"你活在今天这个社会，做些古人的事情，你要气死我，还是把我当傻瓜？你不是什么'冯谖'，你根本就精神不正常，要不，就是标准的'败家子'！幸亏我没有把全部钱庄交给你，要不然，你全体把它变成了'义'，我们都喝西北风去！"

"你不要激动，我并不是全体这么做的，我觉得，我们应该把钱庄的账目彻底整顿一下，收不回来的呆账，做一个了结，收得回来的，打个对折……"

祖望挥着袖子，大怒：

"我不要听了！我对你已经失望透顶了！纪总管说得对，你根本不是经营钱庄的料！我看，这些钱除了送掉以外，还有一大笔是进了待月楼，一大笔是进了萧家两个姑娘的口袋，对不对？"

云飞惊跳起来，一股热血，直往脑门里冲去。他拼命压抑着自己，瞪着父亲：

"纪叔跟你说的，你都听进去了！我跟你说的，你都听不进去！我们之间，真的好悲哀！我承认，我确实不是经营钱庄的料，虎头街的业务，我确实做得乱七八糟！至于你说，我把钱用到待月楼或是萧家两个姑娘身上，就太冤了！我是用了，在我的薪水范围之内用的，而我的薪水，只有天尧的一半！我觉得，我对得起你！"

"你对得起我，就应该和萧家断掉！一天到晚往人家那儿跑，说什么对得起我？你根本没把我放在眼睛里！"

云飞听到这句话，心灰意冷，废然长叹：

"算了，我们不要谈了，永远不可能沟通！"

"不谈就不谈，越谈我越气！"祖望喊。

云飞冲出了父亲的书房，心里满溢着悲哀，四年前，那种"非走不可"的情绪，又把他紧紧地攫住了。他埋着头往前疾走，忍不住摇头叹气。走到长廊里，迎面碰到了天虹，她抱着一个针线篮，正要去找齐妈。两人相遇，就站住了，看着对方。

"你，好不好？"天虹微笑地问。

"这正是我想问你的问题！"云飞勉强地笑笑。

天虹看看院中的亭子：

"去亭子里坐一下，好吗？"

云飞点头，两人就走到亭子里坐下。天虹看到他的脸色不佳，又是从祖望的房间出来，就了解地问：

"跟爹谈得不愉快吗？"

他长叹一声：

"唉！经过了四年，这个家给我的压力，比以前更大了！"

她同情地点点头。他振作了一下：

"算了，别谈那个了！"他凝视她："有好多话，一直没机会跟你说。上次救阿超，真是谢谢了！你有了好消息，我也没有跟你贺喜！要当娘了，要好好保重身体！"

"我会的！"她轻声说，眼光柔和地看着他，脸上一直带着微笑。

"你……快乐吗？"他忍不住问。觉得她有些奇怪，她脸上那个微笑，几乎是"安详"的，这太少见了。

她想了想，坦率地说：

"云飞，好多话，我一直压在心里，我真怀念以前，我可以和你聊天，把所有的心事都告诉你，你从来都不会笑我。坦白说，我的婚姻，几乎已经走到绝路了……"

云飞一震，下意识地看看四周：

"你不怕隔墙有耳吗？"

"这种怕来怕去的日子，我过得已经不耐烦了！今天难得和你遇到，我就说了，除了你，我也不能跟任何人说！说完了，我想我会轻松很多。我刚刚说到我的婚姻，本来，我好想离开展家，好想找一个方法，逃开这个牢笼！可是，现在，这个孩子救了我！你问我快乐吗，我就想告诉你，我好快乐！因为，我身体里有一个小生命在慢慢长大，我孕育着他，一天比一天爱他！这种感觉好奇妙！"

"我了解，以前映华就是这样。"

"对不起，又勾起你的伤心事了！"她歉然地说。

"还好，总算可以去谈，可以去想，夜里不会被痛苦折磨得不能睡了。"

"是雨凤解救了你！"

"对！是她和时间联手解救了我。"他凝视她，"那么，这个孩子解救了你！"

她脸上浮起一个美丽而祥和的笑：

"是的！我本来对云翔，已经从失望到痛恨，觉得再也撑不下去了。但是，现在，想着他是我孩子的爹，想着我们会共有一份不能取代的爱，我就觉得不再恨他了！只想跟他好好地过日子，好好地相处，甚至，有点贪心地想着，我会和他变成恩爱夫妻，我要包容他，原谅他，感化他！让他成为我儿子的骄傲！"

他听得好感动，目不转睛地看着她：

"天虹，听你这样说，我觉得好高兴，好安慰。我不必再为你担心了！你像是拨开云雾的星星，破茧而出的蝴蝶，好漂亮！真的好漂亮！"

她喜悦地笑了，眼里闪着光彩：

"现在，你可以恭喜我了！"

他笑着，诚心诚意地说：

"恭喜恭喜！"

他们两个，谈得那么专注，谁都没有注意到，云翔已经回来了。云翔是从萧家小屋铩羽归来，怎么都没想到，会在小院里碰到梦娴和齐妈，真是出师不利！他带着一肚子的气回家，走进长廊，就一眼看到坐在亭子里有说有笑的云飞和天虹，他脑子里轰然一响，雨鹃那些"情哥哥，旧情复炽，落花有意……"种种，全部在他耳边像焦雷一样爆响。他无声无息地掩了过去，正好听到云飞一大串的赞美词句，他顿时气得发晕，怒发如狂：

"哈！给我听到了！什么星星，什么蝴蝶，什么漂亮不漂亮？"他对云飞跳脚大叫："你怎么不在你老婆那里，跑到我老婆这儿来做什么？那些星星蝴蝶的句子，你去骗雨凤就好了，跑来对我老婆说，你是什么意思？"

云飞和天虹大惊失色，双双跳起。云飞急急地解释：

"不是你想象的那样！我们在谈孩子……"

云翔更是气不打一处来：

"我的孩子，要你来谈什么？你有什么资格谈？"

"不是的！云翔，你根本没弄清楚……"天虹喊。

"怎样才算'清楚'？我已经听得清清楚楚了！"他扑过去抓住云飞的衣襟，"你混蛋！你下流！你无耻！你卑鄙！对着我老婆灌迷汤……你跟她做了什么？你说！你说！怪不得全桐城都把我当笑话！"

云飞用双手挣开云翔的手，又气又恨，咬牙切齿地说：

"你说这些莫名其妙的话，你真配不上天虹，你真辜负了天虹！"

云翔更加暴跳如雷，大声地怪叫：

"我配不上天虹，你配得上，是不是？你要天虹，你老早就可以娶了去，你偏偏不要，这会儿，她成了我的老婆，你又来招惹她！你简直是个大色狼！我恨不得把你给宰了！"

天虹怕把众人吵来，拼命去拉云翔：

"你误会了！你真的完完全全误会了，不要这样吵，我们回房间去说！"

云翔一把推开她，推得那么用力，她站不稳，差点摔倒。

云飞大惊，顾不得忌讳，伸手就去扶住她。云翔一看，更加怒不可遏：

"你还敢动手扶她，她是我老婆耶，要你来怜香惜玉！"

这样一闹，丫头家丁都跑出来看，阿超奔来，品慧也出来了：

"哎哟！又怎么了？云翔，你又和老大吵架了吗？别在那儿拉拉扯扯了，你不怕碰到天虹吗？人家肚子里有孩子呀！"品慧惊喊。

天虹慌忙遮掩：

"没事！没事！"她拉住云翔："走！我们进屋去谈！这样多难看呢？给人家听到，算什么呢？"

云翔也不愿意吵得人尽皆知，毕竟有关颜面，气冲冲地对云飞挥拳踢腿地做势，嘴里喃喃怒骂着，被天虹拉走了。

品慧疑惑地瞪了云飞一眼，忙对丫头家丁们挥手：

"没事！没事！都干活去！看什么看！"

丫头家丁散去了。

云飞气得脸色发青，又担心天虹的安危，低着头往前急走。阿超跟在他身边，着急地问：

"你有没有吃亏？有没有被他打到？"

"怎么没被他打到？每次跟他'过招'，我都被他的'气人'招，打得天旋地转，头昏眼花！现在，我没关系，最担心的还是天虹，不知道解释得清，还是解释不清！"云飞恨恨地说。

天虹是解释不清了。如果云翔那天没有在街上碰到雨鹃，没有听到雨鹃那句"谁不知道你娶了纪天尧的妹妹，这个妹妹，心里的情哥哥，可不是你"，以及什么"那个情哥哥可比你有格调多了……"诸如此类的话，还不至于发那么大的脾气。现在，是所有的疑心病、猜忌病、自卑病、妒嫉病……诸症齐发，来势汹汹。他把天虹推进房，就重重地掼上房门，对她挥舞着拳头大喊：

"你这个荡妇！你简直不要脸！"

"云翔！你讲理一点好不好？不要让嫉妒把你冲昏头好不好？你用大脑想一想，光天化日之下，我们坐在一个人来人往的亭子里，会说什么不能让人听的话？你听到两句，就在那儿断章取义，实在太过分了！"

"我过分，还是你过分？你们太高段了！故意选一个人来人往的地方谈恋爱，好掩人耳目！我亲耳听到的话，你还想赖！什么星星蝴蝶，肉麻兮兮，让我的寒毛都全体竖立！哪有一个大伯哥会对弟媳妇说，她漂亮得像星星，像蝴蝶？你不要耍我了，难道我是白痴？我是傻子？"

"他不是那个意思！"

"他是哪个意思？你说！你说！"

"他指的是一种蜕变，用来比喻的！因为我们在说，我好期待这个孩子，他带给我无限的希望和快乐，所以，云飞比喻我是破茧而出的蝴蝶……"

天虹话没说完，他就暴跳着大喊：

"什么叫'破茧而出'？你有什么'茧'？难道我是你的'茧'？我困住了你还是锁住了你？为什么有了这个孩子，你就变成'星星''蝴蝶'了？我听不懂！"他突然扑过去，揪起她胸前的衣服，压低声音问："你，给我戴绿帽子了吗？这个孩子，是我的吗？"

天虹大惊，睁大眼睛，不敢相信地瞪着他：

"你说这话，不怕天打雷劈吗？你不在乎侮辱我，侮辱云飞，侮辱你自己，也不在乎侮辱到你的孩子吗？"她气得发抖："你好卑鄙！"

"我卑鄙，他呢？好伟大，好神圣，是不是？你这个无耻的女人！"

云飞用力一甩，天虹的身子就飞了出去。她急忙用手护着肚子，摔跌在地上。他张着双手，像一只大鸟一样，对她飞扑过去：

"你就是我的耻辱！你公然在花园里和他卿卿我我，谈情说爱！你已经成为我的笑柄，大家都知道我娶了云飞的破鞋，你还不知道收敛……还不知道自爱……你是我这一生最大的失败……"

天虹眼看他恶狠狠扑来，吓得魂飞魄散。她奋力爬起身子，带着满脸的泪，奔过去打开房门，逃了出去，边哭边跑边喊：

"爹！爹！救我！救我……"

她哭着奔过花园，穿过月洞门，往纪家飞奔。云翔像凶神恶煞一般，紧追在后面，大声地嚷：

"你要跑到哪里去？去娘家告状吗？你以为逃到你爹那儿，我就拿你没办法了？你给我滚回来！回来……"

两人这样一跑一追，又把全家惊动了。

"云翔！你疯了吗？"品慧惊叫，"你这样追她干什么？万一动了胎气，怎么得了？"

祖望一跺脚，抬头看到阿超，大喊：

"阿超！你给我把他拦住！"

阿超一个箭步上前，拦住了云翔。云翔一看是阿超，气得更是暴跳如雷：

"你敢拦我，你是他妈的哪根葱……"

祖望大步向前，拦在他面前：

"我这根葱，够不够资格拦你？"

"爹，我管老婆，你也要插手？"

"她现在不单单是你老婆，她肚子里有我的孙子，你敢随随便便欺负她，万一伤到胎儿，我会打断你的腿！"

纪总管和天尧气急败坏地奔来：

"怎么了？怎么了？天虹……发生什么事了……"

天虹一看到父亲和哥哥，就哭着扑上前去：

"爹……你救我……救我……"

纪总管和天尧，看到她哭成这样，心里实在有气，两人怒扫了云翔一眼，急忙一边一个扶住她：

"好了，爹来了！别跑，别跑！跟爹回家去！有话回去说！"

云翔还在那儿跺脚挥拳：

"肚子里有孩子，有什么了不起？大家就这样护着她？她一个人能生吗？"

品慧跑过去，拉着他就走：

"不要说了，不要说了，到我屋里去！"

转眼间，云翔和天虹，都被拉走了。祖望摇摇头，唉声叹气回书房。

云飞满脸凝重，心烦意乱地对阿超说：

"误会是解释不清了，怎么办？"

"你只能保持距离，一点办法都没有！"

"怎么会有这样的人呢？这个样子，谈什么包容原谅和感化？对自己的老婆可以这样，对没出世的孩子也可以这样！我实在弄不明白，云翔心里，到底有没有一点点柔软的地方？他的生命里，到底有没有什么人，是他真正'爱'的，真正'尊重'的？如果都没有，这样的人生，不是也很悲哀吗？"

"你不要为他操心了，他是没救了！"阿超说。

云飞重重地甩了甩头，想甩掉云翔的影子。

"我们去萧家吧！"他说，"只有在那儿，我才能看到人性的光辉！"

阿超急忙点头称是。近来，萧家的诱惑力，绝对不是只对云飞有，对他也有。提到萧家，他整个人，就精神抖擞起来。

但是，萧家这时并不平静，因为，金银花来了。她带来了一个让人震惊的讯息。她的脸上，堆满了笑，眼神里带着一抹神秘，盯着雨鹃看来看去。看得姊妹两个都有些紧张起来，她才抿着嘴角，笑着说：

"雨鹃，我奉命而来，要帮你做个媒！我想对方是谁，你心里也有数了！"

"做媒？"雨鹃睁大眼睛，心里七上八下，"我不知道是谁。"

"当然是郑老板啦！他喜欢你已经很久了！你那么聪明，怎么会不知道呢？"

"他不是有太太，又有姨太太了吗？"雨凤忍不住插嘴。

"是！一个大太太，两个姨太太！"金银花看着雨鹃，"你进了门，是三姨太。虽然不是正室，以后，可就荣华富贵，都享受不完了！郑老板说，如果你不愿意进去当老三，在外面住也成，反正，他就是要了你了！只要你跟了他，就不必再唱曲了，弟弟妹妹都是他的事，他保证让你们五个兄弟姊妹，全都过得舒舒服服！"

雨鹃心里，顿时一团混乱，她怔怔地看着金银花。

"金大姊，我以为……你……你……"雨凤代雨鹃着急，吞吞吐吐地说着。

"你以为我怎样？"金银花看雨凤。

"我以为你……大家都说，待月楼是郑老板支持的，都说……"

"都说我也是他的人？"金银花直率地挑明了问。

雨凤不语，默认了。金银花就凝视着姊妹两个，长长一叹，有些伤感，有些无奈地说：

"所以，你们好奇怪，我居然会帮郑老板来做媒，来牵线，是吧？雨凤雨鹃，我跟你们明说吧！不错，我也是他的人，一个半明半暗的人，一个靠他支持养活的人，没有他，待月楼早就垮了。所以，我很感激他，很想报答他。这么久，他一直把对雨鹃的喜欢藏在心里，今天，还是透过了我，来跟雨鹃提，已经非常够意思了！"

"我不了解……我还是不了解，你为什么要帮他呢？"雨鹃问。

"为什么要帮他？"金银花有一份沧桑中的豁达，"今天没有你，还是会有别的姑娘出现！你们看看我，眼角的皱纹都看得出来了，老了！与其他去找一个我不认得的姑娘，还不如找一个我投缘的姑娘！雨鹃，我早就说过，你好像二十年前的我！我相信，你跟了郑老板，还是会记得我们之间的一段缘分，不会和我作对的！换了别人，我就不敢说了！"

"可是……可是……"雨鹃心乱如麻了。这个媒，如果早一段日子提出来，可能她会另有想法，跟了郑老板，最起码报仇有望。但是，现在，她心里正朦胧地酝酿着另一份感情，对金银花的提议，就充满矛盾和抗拒了。

雨凤看看雨鹃，心急地代她说出来：

"可是，我们家好歹是读书人，我爹虽然穷，我们姊妹都是捧在手心里养大的，现在给人做小，恐怕太委屈了！我爹在天之灵，会不答应的！"

雨鹃连忙点头，表示"就是这样"。

金银花想了一下，从容地说：

"这个事情，你们就放在心里，好好地想一想，好好地考虑几天，你们姊妹两个，也研究研究。过个十天半月，再答复他也不迟。只是，每天晚上要见面，现在挑明了，雨鹃，你心里就有个谱吧！对别的客人，保持一点距离才好。好了，我先走了！"

她走到门口，又站住了，回头说：

"你们登了台，在酒楼里唱了小曲，端着酒杯侍候了客人……等于一只脚踩进了风尘，不论你们自己心里怎么想，别人眼里，我们这个身份，就不是藏在家里的'闺女'了！想要嫁进好人家去当'正室'，也是难了！并不是每个人都像雨凤一样，会碰上展云飞那种有情人，又刚好没太太！即使碰上了，要进门也不是那么容易的事！你们……好好地想清楚吧！"

小三和小五在院子中擦灯罩。金银花看着两个孩子，又说：

"跟了郑老板，她们两个也有老妈子侍候着了。"

姊妹两个，送到门口，两人心里，都一肚子心事，不知道该说什么才好。金银花的话，软的硬的，可以说面面俱到。那种压迫的力量，两人都深深感受到了。

到了门口，院门一开，正好云飞和阿超骑着两辆脚踏车过来。金银花打了个招呼，一笑：

"说曹操，曹操就到！"她回头，对姊妹俩叮嘱："你们好好地想一想，一定要考虑清楚，我走了！"

金银花一走，小三就急急地奔过去，抓住雨鹃的手，喊着：

"我都听到了！二姊，你真的要嫁给郑老板做三姨太吗？"

小五也着急地嚷嚷着：

"三姨太是什么？二姊，你要离开我们吗？"

云飞大惊，还来不及说什么，正在停车的阿超，整个人一震，不知怎的，一阵乒乒乓乓，把三辆车子，全体碰翻了。

雨鹃不由自主地跑过去看阿超：

"你怎么了？"

阿超扶起车子，头也不抬，闷着声音说：

"没怎么！我不进来了……我想……我得……我出去遛遛！"他乱七八糟地说着，就跳上车子，逃也似的向门外骑去了。

雨鹃怔了怔，慌忙跳上另一辆车子，对愕然的雨凤和云飞抛下一句："我也出去遛遛！"就飞快地追出去。

阿超没办法分析自己，一听到雨鹃要嫁给郑老板，他就心绪大乱了。他埋着头，心里像烧着一盆火，滚锅油煎一样。

他拼命地踩着脚踏车，想赶快逃走，逃到世界的尽头去。

雨鹃紧追而来，一面追一面喊：

"阿超！你骑那么快干什么？你等我一下！阿超……阿超……"

阿超听到雨鹃的喊声，不知怎的，心里那盆火，就烧得更猛了。烧得他心也痛，头也痛。他不敢回头，不敢理她，只是加快了速度，使劲地踩着踏板。他穿过大街小巷，一直向郊外骑去。雨鹃追过大街小巷，拼命用力骑，追得满头大汗：

"阿超……阿超……"

他不能停下，停了，会原形毕露。他逃得更快了，忽然间，听到身后，雨鹃一声惨叫：

"哎哟！不好了……救命啊……"

他急忙回头，只见雨鹃已经四仰八叉地躺在山坡上，车子摔在一边，轮子兀自转着。他吓了一大跳，赶紧骑回来，跳下车子查看，急喊：

"雨鹃姑娘！雨鹃姑娘！怎么会摔呢？摔到哪儿了？"

雨鹃躺在地上，动也不动，竟是晕过去了。

阿超这一下，急得心惊胆战。他扑跪在她身旁，一把扶起她的头，察看有没有撞伤。她软软地倒在他臂弯中，眼睛闭着，了无生气。他吓得魂飞魄散了：

"雨鹃姑娘！你醒醒！醒醒！雨鹃姑娘……"他四面张望，方寸大乱："你先在这儿躺一躺，我去找水……不知道哪儿有水……不行不行，你一个人躺在这儿，坏人来了怎么办？我……我……"他嘴里喃喃自语，小小心心地抱着她的头，不知道该怎么办才好。

雨鹃再也忍不住，一唿地从地上跳了起来，大声地喊：

"阿超！我正式通知你，你再要喊我'雨鹃姑娘'，我就跟你绝交！"

他惊喜交集地瞪着她，不敢相信地瞪大眼：

"你没有厥过去？没有摔伤？"

"谁厥过去了？谁摔伤了？你少触我霉头！"她气呼呼地嚷。

他愣愣地看着她：

"没厥过去，你怎么躺在那儿不动呢？好端端的，你怎么会摔跤呢？怎么会到地上去呢？"

雨鹃扬着睫毛，瞅着他：

"如果不摔，你是不是要和我比赛骑脚踏车？我在后面那样直着脖子喊你，你就是不理我！"她瞪着他："我告诉你！我不喜欢这样！以后不可以这样！"

"你不喜欢哪样？不可以哪样？"

"不喜欢你掉头就跑，不喜欢你不理我，不喜欢你让我拼命追，不喜欢你一直喊我'雨鹃姑娘'！"

他睁大眼睛，一瞬也不瞬地看着她。

她也睁大眼睛，一瞬也不瞬地看着他。

两人就这样对看了好一会儿。

雨鹃看到他一直傻不楞登的，心中一酸，用力一甩头：

"算了！算我对牛弹琴！不说了，你去你的，我去我的！"

她弯身去扶车子，他飞快地一拦，哑声地说：

"我是个粗人，没念过多少书，我是十岁就被卖给展家的，是大少爷的跟班，我没有大房子、大煤矿、大商店、大酒楼……我什么都没有！"

雨鹃对他一凶：

"奇怪，你告诉我这些做什么？"

阿超怔了怔，顿时窘得满脸通红，狼狈地说：

"你骑你的车，我骑我的车，你去你的！我去我的！你骑好了，别再摔跤！"就去扶自己的车。

这次，是雨鹃迅速地一拦：

"你除了告诉我，你这个也没有，那个也没有之外，就没有其他的话要对我说吗？"

"其他的话不敢说！"他摇摇头。

"说说看！"

"不敢！"

"你说！"她命令地喊。

"不敢说！不敢说！"他拼命摇头。

雨鹃一气，一脚踩在他脚背上，大声喊：

"一直以为你是个铁铮铮的汉子，怎么这么婆婆妈妈，气死我了！你说不说？"

"那我就说了，我喜欢温温柔柔的姑娘，不喜欢凶巴巴的！"他瞪大眼说。

"啊？"雨鹃大惊，原来他还看不上她呢！这次，轮到她窘得满脸通红了。"哦！"她哦了一声，就飞快地跳上车。

阿超扑过去，从她身后，一把抱住了她，在她耳边说：

"我什么都没有！可我会教你骑车，会为你卖力，会做苦工，会为你拼命，会照顾小三小四小五……我请求你，不要嫁给郑老板！要不然，我会骑着车子一直跑，跑到你永远看不到的地方去！"

雨鹃心里一阵激荡，眼里就湿了。她回过身子，两眼亮晶晶地看着他，喉咙里哽哽的，声音哑哑的：

"我懂了，可是，你这样说，还不够！"

"还不够？"他又愣住了。

她盯着他：

"你到底有没有一点喜欢我？有没有一点'爱我'？"

他涨得脸红脖子粗：

"你怎么不去问大少爷，有没有一点喜欢雨凤姑娘？有没有一点爱雨凤姑娘？"

"我服了你了，我想，打死你，你也说不出那三个字！"

"哪三个字？"

雨鹃大叫：

"你累死我了！气死我了！"

阿超一急，也大叫：

"可我爱死你了！"

话一出口，两人都大大地震住。阿超是涨红着脸，一头的汗。雨鹃是张大眼睛，一脸的惊喜。然后，她就掰着手指头数了数，大笑说：

"六个字！我跟你要三个字，你给了我六个字！哇！"她把他一抱："你给了我一倍！你给了我一倍！我还能不满意吗？"她忽然想到什么，在他耳边哽咽地问："阿超，你姓什么？我到现在，还不知道你姓什么？"

"我姓吕，双口吕，单名一个超字。"

雨鹃喃喃地念着：

"吕超，吕超，吕超。我喜欢这个名字。"她抬头凝视他，柔情万缕地说："怎么不告诉我？"

"不告诉你什么？"他讷讷地问。

"不告诉我你'爱死'我了？如果没有郑老板提亲，你是不是预备一辈子不说呢？如果我不拼了命来'追你'，你是不是就看着我嫁郑老板呢？"

他凝视她：

"那……你现在还要不要嫁郑老板呢？"

"我考虑一下！"

"你还要'考虑'什么？我跟你说，雨鹃姑娘……"

"是！吕超少爷！"

他一愣，这才明白，喊：

"雨鹃！"

雨鹃摇摇头，叹了口气：

"好不容易才把一个称呼搞定。好了，你要跟我说什么？"

"被你一搅和，忘了！"

她瞪大眼：

"真拿你没办法，怎么这样一下子就忘了？"

"因为，我鼓了半天的勇气才要说，话到嘴边，给你一堵，就堵回去了！"

"你说！你说！"她急着要听这"鼓了半天的勇气"的话。

阿超这才正色地，诚挚地说：

"我终于知道什么叫'心痛'了！听到你要嫁郑老板，我像是被一剑刺个正着，痛得头昏眼花，只好逃出你们那个院子！这是我这一生，第一次有这么强烈的感觉，如果你真的在乎我，请你不要再用郑老板来折腾我了！"雨鹃听了，大为感动，闭上眼睛，偎紧在他怀中，含泪而笑了。阿超虔诚地拥住了她，好像拥住了全世界，什么话都说不出来了。

阿超和雨鹃相继一跑，竟然"失踪"了一个下午。雨凤和云飞，已经把这一整天的事，都谈完了，包括梦娴的来访，云翔的大闹，金银花的提亲种种。事实上，梦娴已经和云飞谈过了，对于雨凤，她说了十六个字的评语："空谷幽兰，高雅脱俗，一往情深，我见犹怜。"这十六个字，把雨凤听得眼眶都湿了。两人震动在梦娴这次来访的事情里，对其他的事，都没有深谈。等到雨鹃和阿超回来，已经是万家灯火的时候了。雨鹃糊里糊涂，把待月楼唱曲的时间也耽误了。两人走进房，雨凤和云飞盯着他们看，看得两人脸红心跳，一脸的尴尬。

"你们大家在商量什么？"雨鹃掩饰地问，"我听到有人提到八宝饭，哪儿有八宝饭？我饿了！"

雨凤目不转睛地盯着她看：

"我叫小三去向金银花请假，我们今天不唱曲了，出去吃一顿，大家乐一乐，庆祝庆祝！"

"庆祝什么？"阿超问。

"庆祝雨鹃红鸾星动，有人来提亲了……"云飞也目不转睛地盯着阿超。

"那有什么好庆祝的？动她脑筋的人，桐城大概有好几百！"阿超脸色一沉。

"那……庆祝她在这好几百人里，只为一个人动心！怎样？"云飞问。

阿超愕然地看云飞，云飞对他若有所询地挑着眉毛。他的脸一红，还没说什么，小三奔了进来：

"请好假了！金银花说，她都了解，让你们两个好好休息，好好考虑！如果今天不够，明天也可以不唱！"

小四丢下功课，大叫：

"万岁！我们去吃烤鸭，烤鸭万岁！"

"酱肉烧饼万岁！八宝饭万岁！"小五接口。

一行人就欢欢喜喜出门去，大家尽兴地吃了一顿，人人笑得心花怒放。

这天晚上，在回家的路上，云飞开始审阿超：

"今天你和雨鹃骑车去哪里了？失踪了大半天，你们去做什么了？你最好对我从实招来！"

阿超好狼狈，不知道云飞心里怎么想，迟疑不决，用手抓抓头：

"没什么啦！就是骑车到郊外走走！"

"哦？走了那么久？只是走走？怎么回来的时候两个人的脸色都不大对呢？"

"哪有什么不大对？"

"好啊，你不说，明天我就去告诉雨鹃，说你什么都告诉我了！"

"告诉你什么了？你别去胡说八道，这个雨鹃凶得很，发起脾气来要人命！你可别去给我惹麻烦！"

"好好！那我就去告诉她，你说她的脾气坏得要命，叫她改善改善！"

阿超急得满头大汗：

"你千万别说，她会当真，然后就生气了！"

"嗯，这种坏脾气，以后就让郑老板去伤脑筋吧！"

阿超看云飞，脸上的笑意全部隐去，僵硬地说：

"她说她不嫁郑老板！"

"哦？那她要嫁谁？"云飞凝视他，"好了！阿超，你还不说吗？真要我一句句问，你一句句答呀，累不累呢？"

这一下，阿超再也忍不住，说了：

"我哪里敢问她要嫁谁？她说不嫁郑老板，我已经快飞上天了，其他的话，放在心里，一句也不敢问……我想，雨凤姑娘跟了你，我有什么资格去喜欢雨鹃？人家是姊妹呀！所以，我就告诉她，我是十岁卖到你家的，让她心里有个谱！"

云飞瞪着他，又好气，又好笑：

"你这个二愣子，你说这些干什么？"

"不说不行呀！她一直逼我……我总得让她了解呀！"

"那她了解了没有？"

阿超直擦汗：

"好了，大少爷，如果你是问我喜不喜欢雨鹃，我当然喜欢！如果你问我，她喜不喜欢我，我想……八九不离十！只是，我没忘记自己的地位……"

云飞脸色一正：

"雨鹃有没有告诉你，她不喜欢你叫她'雨鹃姑娘'？"

"是！"

"我也正式通知你，我不喜欢你叫我'大少爷'！"

"那我叫你什么？"阿超一怔。

"叫'慕白'吧！"

"这多别扭！怎么叫得惯？"

"你记不记得，在你十八岁那年，我就把你的卖身契撕掉了！"

"我记得，那时候，你就告诉我，我随时可以离开展家，去做自己想做的事！"

云飞笑了起来，深深地看着他，充满感性地说：

"对！做你想做的事，爱你想爱的人！人活着，才有意义！阿超，我们不是主仆，是一对情投意合的兄弟，我们一起走过了天南地北，你也陪着我渡过许多难关，我重视你远远超过一个朋友，超过任何亲人！我们的地位是平等的！人与人之间，本来就不该有阶级地位之分的，大家生而平等！你不要再跟雨鹃说那些多余的话，你只要堂而皇之地告诉她三个字就够了！"

"你怎么跟她说一样的话？"阿超好感动，好惊讶。

"她也说了这些话？"云飞乐了。

"一部分啦！"

"哪一部分！"

"三个字那一部分！"

"哈哈！"云飞大笑，"太好了！如果有一天，我们成了连襟，我们一定要住在一起，带着小三小四小五，哇！已经是一个热热闹闹的大家庭了！"

阿超看着喜滋滋的云飞，忍不住也喜滋滋起来：

"这……好像你常说的一句话！"

"哪一句？"

"梦，人人都会做，人人都能做，对'梦'而言，众生平等！"

云飞定定地看着阿超，笑着说：

"搞不好，再过十年，你会当作家！"

主仆二人，不禁相视而笑。两人的眼睛都闪着光，对未来充满了憧憬和希望。

19

云飞和阿超，各有各的梦，各有各的希望，各有各的快乐，各有各的爱。尽管展家给他们的压力重重，他们的生命里，这时，却充满了阳光。但是，云翔可不然，云翔的生命里，从来没有这么低潮过！

和天虹的一场吵闹，被父亲骂、母亲骂，还引发了纪总管父子的大怒，居然把他拖到郊外，修理了他一顿。逼着他又赌咒又发誓，才让天虹回家。其实，他才不在乎天虹回不回家，可是，一屋子都是敌人的滋味太难受了，他只好压抑着满腔怒气，勉勉强强把她接回来。天虹虽然回了家，一直眼泪汪汪，闷闷不乐。看样子，她的笑容只有面对云飞的时候才会出现。他看着她就有气，实在没办法和这个"眼泪缸"面面相对。所以，这天一大早，他就出了门，出门后，想到几度从手里溜走的雨鹃，更是恨得牙痒痒。当下，就决定去找雨鹃，见机行事，把那个"荒郊野外"的游戏给玩完，走到巷子口，一眼看到小四出门去上学，雨鹃送到大门口，他就站住了。先观望一下再说！

小四背着书包向前走，雨鹃追在他后面喊：

"下课早点回来，不要在外面贪玩！阿超说，你下课早，带你去骑马！"

"你不要和阿超玩'失踪'的游戏，我才有希望骑马！"小四笑着说。

"去！去！精得跟猴儿一样！快上学去！"雨鹃又笑又骂。

小四回头，仰着满是希望的脸庞，认真地看雨鹃：

"二姊，你是不是喜欢阿超？你会选择阿超吧！不会去做郑老板的三姨太吧！我跟你说，阿超是个英雄，是个男子汉，选他没错的啦！"

"赶快上课去，要迟到了！"雨鹃红着脸挥手。

小四一溜烟地跑了。

云翔听得震惊极了，怎么？雨鹃要嫁郑老板？而且，和阿超都有一手？连阿超她都要，却拒他于千里之外，简直可恨！他正想冲出去，小范、珍珠、月娥又结伴出来，和雨鹃在小院门口，一阵嘻嘻哈哈。

"雨鹃，晚上还休假吗？"

"可能吧！"

"好羡慕你们，可以休息，我觉得累死了！每天一清早上班，深更半夜才下班！"珍珠说。

月娥敲着珍珠的肩：

"你要能唱得和雨凤雨鹃一样好，金银花也会让你三分！"

"一样好没有用，还得一样漂亮！"珍珠接口。

"希望展夜枭今天晚上不出现，免得你们又要加班！"雨鹃声音清脆。

"那可不太容易，那是'夜枭'啊！"珍珠说。

"他来送钱，大家可以分红，也不错啊！'展夜枭'快变成'输夜枭'了！原来，他们家真有一个姓苏的！"雨鹃笑得好灿烂。

云翔一听，气得眼冒金星。满肚子的怒火，像一连串的炸弹，在胸中轰然炸开。

珍珠、小范、月娥走远了。雨鹃回进四合院，还来不及关门，大门砰的一声，被撞开了。她抬头看到云翔，大惊失色，急忙想拦阻，哪里拦得住！他一把推开她，狂怒地冲进门来，反手将大门哐啷一声闩住。雨鹃看到他脸色不善，立即紧张地喊：

"你来做什么？"

"来告诉你，'夜枭'也可以在白天活动！"

他一面说着，一面攥住她的手腕，连拖带拉地把她拉进房去。

房里，雨凤、小三和小五正围桌吃早餐。忽然之间，房门被撞开，云翔把雨鹃重重地摔进房来。雨鹃站立不稳，跌到早餐桌上，桌子垮了，杯子盘子被扑到地上，碎了一地。雨凤和小三小五抬头一看，大家都心惊胆战。

小五吓得哇的一声就哭了。小三急忙把小五搂在怀里，惊慌失措。雨凤冲上前去，像母鸡保护小鸡似的，把小三小五都挡在后面。

"有话好说！你这样拉拉扯扯干什么？"雨凤喊。

雨鹃从地上爬了起来，破口大骂：

"展云翔！你有种没种？是人是鬼？哪有一个大男人，一清早跑来吓唬几个姑娘！"

云翔阴森森地看着雨鹃，大声说：

"我'有种没种'，你要不要试一试？试了，你就知道了！不会比你的阿超没种，也不会比你的郑老板没种！你是这样饥不择食吗？奴才也要，老头也要！那么，何不跟了我呢？我让你知道什么才叫真正的男人！"说着，就伸手去抓雨鹃。

雨凤一急，把雨鹃也往身后一推，拦在前面，急呼：

"不得无礼！你好歹是展家的二少爷，出了门，代表的是你们展家的风范，不要把你们的家声败坏到一点余地都没有！你出去！"她指着门："马上出去！待会儿，云飞和阿超都会来，撞见了，你有什么面子！"

云翔一听到云飞和阿超，更是怒发如狂，仰头大笑了：

"哈哈！我吓死了！云飞和阿超会来，他们会把我吃掉！哈哈，我吓得魂飞魄散了！"他大步走上前去，一把捏住雨凤的下巴，阴沉沉地盯着她问："老大身上有什么东西，是我没有的？你爱他哪一点？他是男子汉吗？他有展家的风范吗？他比我漂亮吗？他比我'有种'吗？"

小五大哭，喊着：

"大姊！大姊！这就是那个'魔鬼'啊！快把'魔鬼'赶

出去啊！"

雨鹃看到他对雨凤毛手毛脚，大怒，抓起餐桌上一个饭碗，就对着他砸过去。他一偏身，躲过了饭碗，怒不可遏，瞪着雨鹃：

"你还对我摔东西？抱也被我抱过了，亲也被我亲过了，你还装什么蒜？"他大步上前，捉住雨鹃，一抱入怀："今天，我们把那天没有玩完的游戏，可以玩完了！让你的姊姊妹妹们旁观吧！"

雨鹃扬起手来，就给了他一耳光。他正忙着紧抓她的胳臂，闪避不及，被她打了一个正着，更加暴怒了：

"好！我今天跟你干上了！"

刺啦一声，雨鹃的衣服被撕破了一大片。雨鹃回头大喊："雨凤！赶快带小三小五出去！让我来对付他！"

这时，小三看到雨鹃危急，奋不顾身，冲上前去，一口就咬在云翔手背上。雨凤趁机，奔上前去，捞起桌上的砚台，对着他一砸。

云翔顾此失彼，捉住了雨鹃，没有躲过砚台，砚台砸在背上。那石砚又重又硬，打得他痛彻心肺。这一下，他豁出去了，大吼了一声。他放开雨鹃，反身一手抓起小五，一手抓起小三。

两个孩子尖叫起来，拼命挣扎。小三狂叫：

"魔鬼！放开我！放开我……"

"大姊……大姊……二姊……二姊……"小五吓得大哭。

雨凤、雨鹃看到两个小妹妹落进了云翔手里，就惊慌失措了。她们没命地扑上前去，想救两个妹妹。雨鹃尖叫着：

"不要伤害我的妹妹！你把她们放下来，我跟你走！"

雨凤哭了，哀求地喊：

"放开她们，我求求你，她们还小，没有得罪过你，请你放掉她们吧！"

云翔挟持着两个小的，对两个大的厉声喊：

"你们两个，给我站住！"

雨凤和雨鹃听命站住。云翔用脚踢了两张椅子在面前：

"坐下！"

雨凤和雨鹃乖乖地坐下。

"你们家什么地方有绳子？"云翔问雨凤。

"没有……没有绳子！"

"胡说八道！"

"真的没有绳子，平常用不着！"

云翔四面看看，丢下两个孩子，把窗帘一把扯下。雨鹃急忙喊：

"小三！逃呀！"

小三往门外冲，云翔一步过来，把她捉住。他回头怒视雨鹃，走过去，一拳对她的脑袋重重挥去。雨鹃眼前一黑，立即晕过去了，倒在地上。雨凤吓呆了，喊着：

"不要！不要不要！求求你不要伤害我的妹妹们！求求你！求求你……"她泣不成声了。

云翔看到雨鹃已经晕过去，就走过去把房门锁住。

"你……你……你要干什么？"雨凤站起身来。

"坐下！不要动，再动一动，我把你的三个妹妹全体杀掉！"

雨凤坐回椅子里，脸色苍白如纸，不敢动。

云翔把窗帘撕碎，把小三、小五绑住，丢进里间房，关上房门。小三和小五在里面不停地哭叫：

"救命啊……救命啊……"

云翔充耳不闻，再用布条把雨鹃的手和脚绑了个结结实实。雨凤趁他在绑雨鹃的时候，跳起身子，往门口跑。他伸腿一绊，雨凤摔跌在地上的碗盘碎片中，手脚都被割破了。他吼着：

"你再不给我安安静静待着，你想要雨鹃送命吗？"

雨凤从地上爬了起来，害怕极了，哀恳地看着他：

"我们知道你厉害，我们怕了你了，饶了我们吧！你到底要干什么？要证明什么？我们已经家破人亡了，你为什么还不肯放过我们？"

云翔把昏迷的雨鹃绑好，再用布条塞住嘴，推在墙角，走过来把雨凤一把抱起。

"放开我！放开我……"雨凤心知不妙，尖声大叫。

"你还不知道我要干什么吗？我要占有你！我最恨的一种人，就是害了'云飞迷恋症'的那种人！你偏偏就是其中之一！我早就对你兴趣浓厚，你想知道我要证明什么吗？证明云飞要的东西，我永远可以到手！我要让你比较比较，是你的云飞强，还是我强！我要索回他欠我的债！"他一面怒喊着，一面把她抛上床。

雨凤大惊，狂喊：

"你不可以！你不可以！只要你是一个人，你就不可以做这种事……"

"哈哈哈哈！在你们姊妹的'歌功颂德'下，我早就不是'人'了！我是'夜枭'，我是'魔鬼'，不是吗？现在，我让你领教领教什么叫'夜枭'，什么叫'魔鬼'……免得让我浪得虚名！"他大笑着说。

刺啦一声，雨凤的上衣被撕破了。

这时，雨鹃悠悠醒转，睁眼一看，手脚都被绑住，无法动弹。再一看，云翔正在非礼雨凤，不禁魂飞魄散。张口要叫，才发现自己的嘴中塞着布条，叫不出来。她嘴里咿咿唔唔，手脚拼命挣扎。云翔回头看了她一眼：

"你不要急，等我跟雨凤玩完了，就轮到你了！"

雨鹃口不能言，目眦尽裂，倒在地上，拼命滚着，往床前蹭过去，想救雨凤。

雨凤已经心胆俱裂，泪如雨下，在床上挣扎哀求：

"放掉我，求求你，放掉我！我以后再也不敢跟你作对了，再也不敢骂你了！你饶了我吧……"

"太晚了！"他一把扯下她的内衣，她只剩一件肚兜，他再去扯肚兜。

雨凤眼看贞洁不保，痛不欲生，仰头向天，发出一声力竭声嘶的狂喊：

"啊……爹……救我……救我……"

她一面狂喊，一面猛然从枕头下面，抽出以前藏的匕首，她使出全力，向他疯狂般地刺去。

变生仓促，云翔猝不及防，虽然跃身去躲，匕首仍然刺破衣袖，在手臂上划下一道血痕。他怎样都没料到，她会有匕首，大惊之下，慌忙跳下地。

雨凤已经如疯如狂，红着双眼，握着匕首，追杀过来。她再一刀刺去，划破了他的裤管，又留下一道血痕。云翔虽想反扑，但是，雨凤势如拼命，也不知道她从哪儿来的力气和勇气，再一刀，又划破了他背部的衣服，一阵刺痛。他竟然被她逼得手忙脚乱，破口大骂：

"你当心！给我捉住了你就没命！我会杀了你……"

雨凤早已神志昏乱，脑子里什么意识都没有，眼睛里只有云翔那张脸，那个毁了她的家，烧死她的爹，逼得她爱不能爱，恨不能恨，还要欺侮她的弟妹，污辱她的贞洁……她要杀了他！她要砍碎他！她追着云翔，绕室狂奔。她踩到地上的碎片，脚底划破了，整个人就颠踬了一下。云翔趁此机会反扑，大叫一声，转身来捉她。不料雨鹃已经蹭到他的脚下，她手脚都不能动，只能用脑袋狠狠地去撞他的腿，他一个站不住，就摔了一跤。雨凤握着匕首，直扑而下。

云翔大惊，危急间，奋力一滚，雨凤的匕首，就插进桌脚。她用力拔刀，拔不出来，他掌握这个时机，扑过来，给了她重重的一拳，把她打倒在地。

这时，云飞和阿超骑着自行车，到了小院门外，按按车铃，没人开门。忽然听到门内，传来隐隐约约的呼救声。

"救命啊！救命啊……谁来救我们啊……"小三在狂

喊着。

云飞和阿超面面相觑。两人倏然变色，同时翻身下车，飞身撞门。

屋里，雨凤的匕首，已经落进云翔手里，云翔举着匕首，怒叫：

"我今天不毁掉你们姊妹两个，我就不是展云翔！"

他持刀对雨凤扑去。雨凤的力气，已经全部用尽，躺在地上，只能引颈待戮。

就在这时，房门飞开，云飞和阿超扑了进来。

阿超一见室内情况，眼睛都涨红了，大叫：

"我杀了你！我杀了你！"

阿超对云翔扑去，云翔举起匕首，一阵挥舞，阿超奋不顾身，拿起一支断裂的桌脚，对他当头打下，他闪避不及，被打得惨叫。扬起匕首，他大吼着对阿超刺来，阿超闪了闪，他就夺门而去。

云飞看着室内的情形，看到衣不蔽体的雨凤，感到天崩地裂。他大喊："阿超！先救人要紧！"

阿超奔回。只见满室狼藉，雨鹃和雨凤都是伤痕累累，半裸着身子，躺在满地碎片中呻吟。云飞和阿超，不敢相信地看着这一切。两人的眼中，几乎都喷出火来。两人的脸色，都惨白如纸。

云飞从床上抓起一床棉被，把半裸的雨凤裹住，一把抱了起来。抱得好紧好紧，只觉得自己的五脏六腑，全部进裂。

阿超扑过去，拉出雨鹃嘴中的布条，解开了她的绳子。

她喘息着，咳着：

"咳咳！小三、小五在里面！去救她们！快去……咳咳……"

阿超奔进里间去救两个小的。

云飞抱着雨凤，低头看着她。他的心，已经被愤怒和剧痛撕扯成了无数的碎片，一片一片，都在滴血。他痛极地低喊：

"雨凤，雨凤……"

雨凤睁大眼看着他，浑身簌簌发抖，牙齿和牙齿打着战。

"我……我……我……"她抖得太厉害，语不成声。

云飞眼睛一闭，泪水夺眶而出：

"嘘！别说话，先休息一下！"

雨凤身子一挺，厥过去了。云飞直着喉咙大叫：

"雨凤！雨凤！雨凤……"

雨凤这一生，碰到过许多的挫折，面对过许多的悲剧。母亲的死，父亲的死，失去寄傲山庄……以至于自己那悲剧性的恋爱和挣扎。她一件一件地挨过去了，但是这次，她被打倒了，她挨不过去了。在接下来的一段时间里，她一直陷在昏迷中，几乎什么感觉都没有。她唯一的潜意识，就是退缩。她想把自己藏起来，藏到一个洁白的、干净的、没有纷争、没有丑陋的地方去。对人生，对人性，她似乎失去了所有的信心和勇气了。她甚至不想醒过来，就想这样沉沉睡去。

时间不知道过去了多久，她终于醒了，她慢慢地睁开眼睛，茫然地看着天花板上的吊灯，转开头，茫然地看着那陌生的房间，然后，她接触到云飞那着急炙热的凝视。她一个惊跳，从床上直弹起来，惊喊：

"啊……"

云飞急忙将她一把抱住：

"没事了！没事了！不要怕！是我！是我！"

她在他怀中簌簌发抖。他紧紧地，紧紧地搂着她，哑声说：

"雨凤，不要怕，你现在已经安全了！"

她喘息，发抖，不能言语。云飞凝视她，解释着：

"我把你们全家，暂时搬到客栈里来，那个小屋不能再住了！我开了两个房间，阿超陪雨鹃和小三小四小五，在另外一间，我们已经去学校，把小四接回来了！你身上好多伤，有的是割到的，有的是被打的！我已经找大夫给你治疗过，帮你包扎过了，但是，我想，你还是会很痛……"说到这儿，他的声音就哽住了，半天，才继续说："我比你更痛……我明知道你们好危险，就是一直没有采取保护行动，是我的拖拖拉拉害了你，我真该死！"

她仍然发抖，一语不发。他低头看着她。看到她脸上，青青紫紫的伤痕，心如刀绞。他就低下头去，热烈地、心痛地吻着她的眉，她的伤，她的眼，她的唇。

她一直到他的唇，辗过她的肩，才蓦然惊觉。她挣扎开去，滚倒在床，抓了棉被，把自己紧紧裹住。

"怎样？你哪里不舒服，你告诉我！"他着急地喊。

她把脸埋进枕头里，似乎不愿见到他。他去扳转她的身子，用手捧住她的面颊，痛楚地问：

"为什么不看我？为什么不说话？你在跟我生气？怪我没有保护你？怪我有那样一个魔鬼弟弟？怪我姓展？怪我不能给你一个好的生存空间？怪我没有给你一个家……我知道，我都知道，我坐在这儿，看着遍体鳞伤的你，我已经把自己恨了千千万万遍了！骂了千千万万遍了！"

她闭住眼睛，不言不语。他感到摧心摧肝的痛，哀求地说：

"不要这样子，不要不理我！你说说话，好不好？"

她的脸色惨白，神志飘忽。

他皱紧眉头，藏不住自己的伤痛，凄楚地看了她好一会儿：

"难道……你认为自己已经不干净了？不纯洁了？"

这句话，终于引起了反应，她一阵颤栗，把脸转向床里面。

云飞睁大眼睛，忽然把她的上身，整个拉起来，紧紧地搂在怀中。他激动地、痛苦地、热烈地、真挚地喊：

"雨凤！今天你碰到的事，是我想都想不到的！我知道，它对你的打击有多么严重！你也该知道，它对我的打击有多么严重！我完全了解，这样的羞辱，是你不能承受的！我还记得你那天告诉我，你嫁给我的时候，一定会给我一个白璧无瑕的身子！那时候，我就深深地明白了，你看重自己的身体，和看重自己的心是一样的！雨凤，这样的你，在我心里，永远都是白璧无瑕的！别说今天云翔并没有得手，就算他得手了，我对你也只有心疼！你的纯洁，你的纯真，都不会受这件事的影响，你懂了吗？懂了吗？"

她被动地靠在他怀里，依旧不动也不说话。他的心，分崩离析，片片碎裂。他几乎没有办法安慰自己了。他哀求地说：

"跟我说话，我求求你！"

她瑟缩着，了无生气。

"你再不跟我说话，我会急死！我已经心痛得不知道该如何是好，愤怒得不知道该如何是好，也自责得不知道该如何是好！你不要再吓我……"他抱着她，盯着她的眼睛，发自肺腑地低语，"雨凤，我爱你，我好爱好爱你！让你受到这样的伤害，我比你更痛苦！如果，你再不理我，那像是一种无声的谴责，是对我的惩罚！雨凤，我和你一样脆弱，我受不了……请你原谅我，原谅我吧！"他紧抱着她，头垂在她肩上，痛楚得浑身颤抖。这种痛楚，似乎震动了她，她的手动了动，想去抚摸他的头发，却又无力地垂了下来，依然无法开口说话。

半晌，他抬起头来，看到她的眼角，滚下两行泪。他立刻痛楚地吻着那泪痕：

"如果你不生我的气了，叫我一声，让我知道！"

她不吭声。他摇着她，心在泣血：

"你不要叫我？不要看我？不要说话？好好，我不逼你了，你就什么都不说，我在这儿陪着你！守着你！等你愿意说的时候，你再说！"

他把她的身子轻轻放下。她立即把自己蜷缩得像个虾子一般，把脸埋进枕头里，似乎恨不得把自己藏得无影无踪。

他看着她，感到巨大的痛楚，排山倒海般卷来，将他淹没。

在客栈的另一间房间里，雨鹃坐在梳妆台前，小三拿着药瓶，在帮她的嘴角上药。阿超脸色苍白，神情阴郁，在室内走来走去，沉思不语。小四怒气冲冲，跟着阿超走来走去，说：

"如果我在家，我会拼命保护姊姊的！那个魔鬼太坏了，他故意等到我去上学，他才出现，家里一个男人都没有……他只会欺负女人，他这个王八蛋！"

小五坐在床上，可怜兮兮地看着大家：

"我们是不是又没有家了？那个'魔鬼'一出现，我们就没有家了！阿超大哥，我好害怕，他还会不会再来？"

阿超一个站定，眼神坚决地看小五：

"你不要怕！我知道我该怎么做了！"

雨鹃蓦然抬头看他：

"你要怎么做？"

"你不用管！那是我们男人的事！"

小四义愤填膺地跟着说：

"对！那是我们男人的事！阿超，你告诉我！我一定要加入！"

雨鹃一急起身，牵动身上伤口，痛得咧嘴吸气。阿超心中一痛，瞪着她说：

"你为什么不去床上躺着，身上割破那么多地方，头上肿个大包，大夫说你要躺在床上休息，你怎么不听呢？"

雨鹃用手在胸口重重地一敲：

"我这里面烧着一盆火，烧得那么凶，火苗都快要从我的每个毛孔里蹿出来了，我怎么躺得住？"

阿超拼命点头，眼里冒着寒光：

"我知道，我知道！你放心！你放心！"

"你这样说，我怎么能放心？你那个样子，就是要去拼命！"雨鹃喊着，奔过去，抬眼盯着他，"在以前，你如果要去拼命，我或者求之不得！但是，现在，我不能让你拼命，我舍不得！"

阿超大大一惊，盯着她：

"我的念头已经定了，不能动摇！我会很快就解决这件事！"

雨鹃咽了口气，沉痛地说：

"我了解，杀他对你来说，太容易了！但是，展家不会放过你！我已经受到教训了，就因为我是这么冲动，为了想报仇，什么方法都用，这才会引狼入室，把自己也越陷越深，还害惨了雨凤！我现在不要你轻举妄动，因为你对我们全家都太重要！你要保护我的姊姊、弟弟、妹妹！还有慕白！你是我们唯一的阿超，我们损失不起！"

"只要把那个夜枭除掉，谁都不需要保护了！所有的恐怖，所有的罪恶，只有一个来源，等我把他除了，你们就可以平平安安过日子了！雨鹃，你不要管我，现在，天王老子也没办法让我咽下这口气，我非杀他不可！"

雨鹃咬咬牙，闭了闭眼睛：

"好！你决心已经下了，不可动摇，我就不劝你了！但是，现在的状况一团乱，雨凤和我，都浑身是伤，家没有家，房子没有房子，待月楼的工作没有交代……你，可不可以把我们安顿好了，再去除害？"

"大少爷已经说了，明天就去找房子，给你们搬家！"

"好！搬完家，我们再说！"

小五坐在床上，抽抽噎噎地哭起来了。小三急忙上床，用手臂紧紧地圈着她。

"小五！不要怕，我们都在这儿！都在这儿！"小三安慰地说。

"为什么又要搬家？我要回家，我要回寄傲山庄去！我要……找爹！"

雨鹃脸色惨然。小三紧搂着小五，摇着，晃着，哼着歌抚慰她。

这时，房门敲了敲，云飞打开房门，满脸憔悴地站在门口：

"雨鹃，她醒了，可是，她一句话也不说，随我说什么，她就是不开口，我想，或者，她看到你们，会好一点！"

雨鹃急忙往外走，三个弟妹跟着，大家都跑了出去。

大家来到雨凤的床前，看到她蜷缩在床上，紧闭着眼睛，一动也不动。

雨鹃就跪在床前面，伸手紧紧地抱住她的头，激动地说：

"你好勇敢！你让我太佩服了，我没想到你还记得床垫下面的匕首……你那么拼命……保全了我们的清白！雨凤，他没有到手，他没有成功……我们还是干干净净的！"

雨凤仍然不动，也不说话，她的神思缥缈，整个人像是腾云驾雾，正轻飘飘地向天飞去。弟妹们的声音，云飞的声音，都离她很遥远。不要听，不要看，不要感觉……这种"无感觉状态"，几乎是舒适的。她不要醒来，她要沉沉睡去。

雨鹃被她的沉默吓住了，放开她，凝视她。伸手拨开她面颊上的头发，她立即受惊地往床里一缩，雨鹃大急，去扳她的肩：

"雨凤，你打我吧！你骂我吧！都是我不好，老早就该听你的话，不要去惹他！都是我想报仇，才引狼入室，是我的错！我的错！我的错！"她哭了起来："我知道你有多难过，我知道你觉得多羞辱，你一向那么洁身自爱，连别人拉拉你的手，你都会难过好半天……我知道，我都知道！"

小三和小五都爬上了床，小五伸手去抱雨凤，啜泣地喊：

"大姊！你好痛，是不是？我帮你'呼呼'！"就对着雨凤头上、手臂上的伤吹气，一边吹，一边眼泪滴滴答答，掉在伤口上。

小三也抱住雨凤：

"大姊，你不要难过了，你拼了命，保护了我们大家，你看，我们都还好，只有你和二姊，受伤最多，你好伟大！你不是常常说，只要我们五个，都在一起，就什么都好了！现在，我们五个，都在一起呀！"说着说着，也哭了。

小四眼眶红红的，伸手去摸雨凤的手：

"大姊，阿超说了，我们明天就搬家，搬到一个安全的地方去，你不要再担心了！然后，报仇的事，交给我们男人去做！"

雨凤抽回了自己的手，把身子蜷缩起来。

云飞凝视着她，心里涨满了恐惧。雨凤，雨凤！不要藏起来，你还有我啊！不要这样惩罚我！他冲上前，摇着她，喊着：

"雨凤！你听到你弟弟妹妹的呼叫了吗？你还有他们四个要照顾，他们需要你，我也需要你，为了我们大家，你不要被打倒，你不可以被打倒，睁开眼睛，看看我们大家吧！"

雨凤更深地蜷缩了一下，把脸孔也埋进枕头里去了。

阿超看不下去了，一跺脚，往门外冲去：

"大少爷，这儿就交给你了！我去找那个混蛋算账！"

云飞跳起身子，拦住他，沉痛至极地说：

"他不是你一个人的事，他是我们两个人的事！可是，现在，首先要料理的，是他们五个的生活，要治疗的，是她们受创的身心！还要保护雨凤和雨鹃的名节，要辞去待月楼的工作，还有郑老板的求亲……我们有一大堆的事要做，你走了，谁来帮我？今天，就算我们已经到了最后关头，我们暂时还得忍耐，头不可抛，血不可洒，因为……还有他们五个！"

阿超被点醒了，瞪大眼，无可奈何至极。

萧家四个姊弟，围绕着雨凤，吹的吹，喊的喊，摇的摇。五个人抱在一起，显得那么脆弱，那么无助，那么孤苦……阿超眼睛一红，泪湿眼眶。知道云飞的话很对，现在，最重要的事，是给五个姊弟找一个家。找一个可以安身养病的地方，找一个安全温暖的地方。他一分钟都不想耽搁，对云飞说：

"我马上去找房子！大少爷，这儿交给你了！"

云飞点点头，阿超就出门去了。

整个下午，阿超马不停蹄地奔波，总算有了结果。当他回到客栈的时候，已经是晚上了。客栈里，灯火半明半暗地照射着走廊，有一种冷冷的苍凉之感。他走进走廊，就看到雨鹃一个人坐在客房门口掉眼泪。

"雨鹃，你怎么一个人待在门外？"他惊问，"怎么？情况不好吗？"

雨鹃看到他，站起身来，眼泪滴滴答答往下掉，拼命摇头：

"不好，不好，一点都不好！一整天了，她不吃东西也不说话，大夫开的药熬好了，怎样都喂不进去。她就一直把自己缩在那里，好像隔绝在另外一个世界里，好像她不要面对这个世界，也不要面对我们了……我觉得，她现在恨每一个人，恨这个世界，也恨我怪我……我好怕，她会一直这个样子，再也醒不过来，那怎么办？"她掩面抽噎。

阿超着急地看着她：

"你自己呢？有没有吃药？"

"她不吃，我也不吃！"

"你这是什么话？一个人病成那样，我们已经手忙脚乱了，你也要那样吗？你要帮雨凤姑娘，就先要让自己振作起来呀！要不然，大家都会撑不下去的！你也没有睡一下吗？"

她摇头。阿超更急：

"那……大少爷呢？小三小四小五呢？"

她拼命摇头。

"唉唉，这怎么是好？你们会全体崩溃的！"

房门打开，云飞听到声音走出来，见到阿超，就急急地问：

"怎么样？有没有找到合适的房子？"

"找到了！就是上次你把利息打对折的那个顾先生，他介绍了一个独门独院的房子，房东去北京了，整座房子空了出来。我看过了，房子干干净净的，家具都是现成的！还有院子和小花园，客厅厨房卧室一应俱全。当然不能和家里比，但是比她们原来住的那个，就强太多了！反正，没什么选择的机会，我就做主租下来了！租金也不贵，人家顾先生帮忙，一个月只收两块钱！"

"离城里远吗？在哪儿？"

"不远，就在塘口！"

"好！阿超，办得好！我们明天就搬！住在这儿太不方便了，药冷了也没办法热！想给她煮个汤，也没办法煮，真急！"

雨鹃急忙抬头问云飞：

"药，她吃了吗？"

云飞摇摇头。

"我再去试试!"雨鹃说着,冲进房去。

云飞看着阿超:

"阿超,你还不能休息,你得回家一趟!"

阿超的眼神立刻变得凌厉起来。云飞盯着他:

"如果碰到云翔,你什么都不要做,听到了吗?在目前这个状况下,我们不能轻举妄动,不能再出任何差错,你答应我!"

阿超郑重地点了点头。

雨鹃来到雨凤的病床前,看到她还是那样躺着,昏昏沉沉地,额上冒着冷汗。小三小四小五都围在床前。小三端着药碗,无助地看着雨凤,眼泪汪汪,雨鹃接过了小三手里的药碗,坐在床前,哀求地说:

"雨凤,一整天,你什么都没吃,饭不吃,药也不吃,你要我们怎么办呢?你身上那么多伤,大夫说,一定要吃药。你看,我们四个这样围着你,求着你,你为什么不吃呢?你是跟自己怄气,还是跟我怄气呢?你再不吃,我们四个全体都要崩溃了!"说着,就拿汤匙盛了药,小小心心地喂过去。

雨凤皱眉,闭紧眼睛,就是不肯张嘴。

云飞走进门来,痛楚地看着。

小三一急,从床上滑下地,扑通一声跪落地,伤心地痛喊:

"大姊,你如果不吃,我就给你跪着!"

"大姊!我也给你跪着!"小五跟着跪落地。

雨鹃扑通一声，也跪下了。

"我们都给你跪着，求你听听我们，求你可怜我们！"雨鹃哭着喊。

小四很生气，充满了困惑和不解，冲口而出地喊：

"大姊，你是怎么回事嘛？这一切，不是我们的错呀！你现在不吃东西不吃药，惩罚的是我们，难过的是我们，那个展夜枭才不会在乎，他还是过他的快活日子……"

云飞急忙捂住了小四的嘴，哑声地说：

"不要提，提都不要提！"

小四一咬牙：

"好吧！要跪大家一起跪！"

小四也跪下了。

雨鹃再用汤匙盛了药，颤颤抖抖地去喂她：

"雨凤，我们都跪在这儿，求求你吃药！"

雨凤眼角滑下泪珠，转身向床里，面对着墙，头也不回。

四个兄弟姊妹全都沮丧极了，大家你看我，我看你，泪眼相对。

半晌，云飞接过药碗，放在桌上，对雨鹃说：

"喂药的事，让我来吧！雨鹃，你带弟弟妹妹们去那间房里休息，我刚刚让店小二买了一些蒸饺包子馒头……等会儿会送到你们房里去，大家都要设法吃一点东西，睡一下，雨凤需要你们，请你们帮个忙，谁都不能倒下，知道吗？"

雨鹃含泪点头，伸手去拉弟妹：

"我们听慕白大哥的话，就是帮大姊的忙了！我们走吧！"

小三小四小五就乖乖地、顺从地、默默无语地跟着雨鹃走到房门口。到了门口，雨鹃站住了，抬头看着云飞：

"我心里憋着一句话，想对你说！"

"是，你说！"

"那句话就是……对不起！"雨鹃眼泪一掉。

"为什么要这样说……"

"想到我曾经反对过你，千方百计阻挠你接近雨凤，甚至破坏你，骂你……我觉得，我欠你许多'抱歉'！现在，看到你对雨凤这样，才知道'情到深处'是什么境界！对不起！好多个对不起！请你原谅我以前的无知！"

她说完，带着弟弟妹妹们去了。

云飞震动地站着，鼻中酸楚，眼中潮湿。然后，他吸了口气，走过去把雨凤的枕头垫高，再把她的头用枕头棉被固定着，伸手捧住了她的脸，坚决地、低柔地说：

"雨凤，来！我们来吃药，我不允许你消沉，不允许你退缩，不允许你被云翔打倒，更不允许你从我生命里隐退，我会守着你，看着你，逼着你好好地活下去！"

雨凤眉头微微地一皱，睫毛颤抖着。云飞坚定地端起药碗，拿起汤匙，开始喂药。但是，她的嘴巴紧闭着，不吞也不咽，药汁都从嘴角溢了出来。

他用毛巾拭去她嘴角的药汁，继续专注地、固执地、耐心地喂着。

20

　　云翔从萧家小屋跑出去之后，生怕阿超追来，就像一只被追逐的野兽，拼命狂奔，一口气跑到郊外。

　　他站在旷野中，冷飕飕的秋风，迎面一吹，他就清醒过来了。他迷糊地看看手臂上的伤痕，想想发生过的事，突然明白自己闯了大祸！云飞和阿超不会放过他，他眼前闪过云飞狂怒的眼神，阿超杀气腾腾的嘴脸，他激灵灵地打了个寒颤。

　　怎么会发生这种事呢？干吗去招惹雨凤呢？他有些后悔，现在，要怎么办？他苦思对策，越想越恐慌。

　　没办法了！只好去找纪总管和天尧，不管怎样，他还是纪总管的女婿！

　　当他衣衫不整，身上带伤，跛着脚，狼狈地出现在纪总管面前的时候，纪总管和天尧吓了好大的一跳，父子二人，惊愕地瞪着他。

"你是怎么弄的？你跟谁打架了？"纪总管问。

天尧急忙跑过去，查看他手脚的伤势：

"只是划破了，伤口不深，应该没大碍！谁干的？"

他看着他们，双手合十，拜了拜：

"你们两个赶快救我，老大和阿超这次一定会杀了我！"

"是云飞和阿超？他们居然对你动了刀？你为什么吓成这样子？到底是怎么回事？"纪总管太惊讶了。

"你们一定要想办法救我，要不然我什么都不说！我要收拾东西，离开桐城，我要走了！天虹我也顾不得了！"

"你要走到哪里去？"

"和老大四年前一样，走到天涯海角去，免得被他们杀掉！"

"你到底闯了什么祸？快说！"纪总管变色了。

"老大和阿超……抓到我……我在雨凤床上！"

"啊？"天尧大惊。

纪总管睁大了眼睛，简直不敢相信自己的耳朵。云翔急忙辩解，说：

"那两个妞儿，根本就是人尽可夫嘛！她们每天晚上，都在待月楼里诱惑我！天尧，你也亲眼看到的，是不是？那个雨鹃，还把我约出去，投怀送抱，热火得不得了！逗得我心痒痒的，又不让我上手！你们也知道，天虹怀孕了，我已经好久没碰过她了，所以……所以……"

纪总管听到这儿，已经听不下去了，举起手来，就想给他一耳光。

云翔迅速地一退，警告地喊：

"你们不可以再碰我，我已经浑身是伤了！昨天被你们修理，今天又被砍了好多刀！我就是背！"他跺脚，一跺之下，好痛，不禁哎哟连声："如果在家里，你们动不动就修理我，老大他们动不动就想杀我，天虹动不动就给我上课，还动不动就禁止我出门赌钱……这种生活，我过得也没什么味道，不如一走了之！你们另外给天虹找个婆家，嫁了算了！我什么都不管了！"

纪总管指着云翔，咬牙切齿：

"兔子都知道，不吃窝边草！你连兔子都不如！嘴里讲的话，更没有一句是人话，我真后悔，把天虹嫁给你！你欺负天虹的账，我还没跟你算完，你居然还去欺负别家的闺女！你到底有没有把天虹放在眼里？"他走过去，翻翻他的衣袖，翻翻他的衣领，看看他的伤处，厉声问："你去强暴人家了？是不是？"

纪总管这一吼，声色俱厉，云翔吓了一跳，冲口而出：

"其实，根本没有到手嘛！谁知道这两个妞儿那么凶，枕头底下还藏着匕首，差点没被她们杀了！真是羊肉没吃着，惹了一身膻！我根本不是存心要去占她们的便宜，我是想把雨鹃约出来玩玩，谁知道在门口就听到她损我骂我，一气之下，就无法控制了！"

"原来，这些刀伤是她们刺的！真遗憾，怎么没刺中要害呢？"

"纪叔！你真的宁愿天虹当寡妇，是不是？"

"爹，让他自己去对付吧！男子汉敢做敢当！我们只当不知道，云飞和阿超爱把他怎样就怎样！"天尧愤愤地说。

"好！"云翔掉头就走，"那我走了！天虹和孩子就交给你们了！"

纪总管一拍桌子，大吼：

"你给我站住！"

云翔站住，可怜兮兮地看着纪总管：

"纪叔，你赶快帮我想办法，等会儿云飞他们回来了，不知道会对爹怎么说？"

"你干下这种伤天害理的事，还怕人知道吗？你逼得云飞无路可走，非杀你不可！你想，云飞怎会把这事告诉你爹？怎会把这事宣扬出去？为了雨凤和雨鹃的名誉，他们只能打落牙齿和血吞！所以，他们会直接找你算账！"

"那么，我要怎么办？那个阿超，被我们打了之后，每次看我的眼光，都好像要把我吃下去，现在，新仇旧恨加起来，我逃得了今天，也逃不了明天！"

天尧瞪着他说：

"不用想了，这件事，你的祸闯大了，你死定了！云飞对这个雨凤，爱到极点，早已昭告天下，那是他的人，你居然敢去碰！你看那待月楼，多少人喜欢雨凤，谁敢碰她一下？你以为云飞平常好欺负，为了雨凤，他会拼命！"

云翔哭丧着脸：

"我知道啊！要不然，这么丢脸的事，我来告诉你们干吗？你们父子是天下最聪明的人，每次我出了事，你们都能帮我解决，现在，赶快帮我解决吧！我以后一定好好地爱天虹，好好地做个爹，从此收心，不胡闹，不赌钱了！"

纪总管瞪着他，又恨又气，又充满无可奈何。想到天虹，心中一惨，不禁跌坐在椅子里，长长一叹：

"唉！天虹怎么这么命苦？"他抬头，对云翔大吼："还不坐下来，把前后经过，跟我仔细说说！"

云翔知道纪家父子，已经决定帮忙了，一喜，急忙坐下。这一坐，碰到伤处，不免又"哼哼唉唉"个不停。

纪总管凝视着他，若有所思。

那天下午，云翔躺在一个担架上，被四个家丁抬着，两个大夫陪着，纪总管和天尧两边扶着，若干丫头簇拥着，急急忙忙地穿过展家庭院、长廊，往云翔卧室奔去。云翔头上缠着绷带，手腕上、腿上全包扎得厚厚的，整个人缠得像个木乃伊，嘴里不断呻吟。纪总管大声喊：

"小心小心！不要颠着他！当心头上的伤！"

这样惊心动魄的队伍，惊动了丫头家丁，大家奔出来看，喊成一片：

"不得了！老爷太太慧姨娘……二少爷受伤了！二少爷受伤了……"

祖望、品慧、梦娴、齐妈、天虹……都被惊动了，从各个房间奔出来。

"小心小心！"纪总管嚷着，"大夫说，伤到脑子，你们千万不要震动他呀！"

品慧伸头一看，尖叫着差点晕倒，锦绣慌忙扶着。

"天啊！怎么会伤成这样？碰到什么事情了？天啊……天啊……我可只有这一个儿子啊……如果有个三长两短，我也不要活了……"品慧哭了起来。

天虹见到这种情况，手脚都软了：

"怎会这样？早上还是好好的，怎会这样？"

天尧急忙冲过去扶住她，在她耳边低语：

"你先不要慌，大夫说，没有生命危险。"

天虹惊惧地看着天尧，直觉到有什么难言之隐，不敢多问。

祖望奔到担架边，魂飞魄散，颤抖地问：

"大夫，他是怎么了？"

"头上打破了，手上脚上背上，都是刀伤，胸口和腹部，全有内伤，流了好多血……最严重的还是头部的伤，大概是棍子打的，很重，就怕伤到骨头和脑子！这几天，让他好好躺着，别移动他，也别吵着他！"大夫严重地说。

"是是！"祖望听到有这么多伤，惊惧交加，忙对家丁喊，"小心一点！小心一点！"

大家浩浩荡荡，把云翔抬进房去。梦娴和齐妈没有进去，两人惊愕地互视。

云翔躺上床，闭着眼睛哼哼：

"哎哟，哎哟……痛……好痛……"

品慧扑在床前，痛哭失声：

"云翔！娘在这里，你睁开眼睛看看！"她要摸他的头，又不敢摸："你到底得罪谁了？怎么会被打成这样子？你可别丢下娘啊……"

云翔听到品慧哭得伤心，忍不住睁开眼睛看了看她，低语：

"娘……我死不了……"

纪总管悄悄死命掐了他一下，他"哎哟"叫出声。

大夫赶紧对大家说：

"没事的人都出去，不要吵他！让他休息。也别围着床，他需要新鲜空气！我已经开了药，快去抓药煎药，要紧要紧！"

"药抓了没有？"祖望急呼。

"我已经叫人去抓了，大概马上就来了！"纪总管就对丫头家丁们喊，"出去出去，都出去！"

"我也告退了，明天再来看！"大夫对纪总管说，"有什么事，通知我！我马上赶来！"

大夫转身出门，祖望担心极了，看纪总管：

"要不要把大夫留下来？这么多伤，怎么办？"

"老爷，你放心，我自有分寸。云翔是你的儿子，是我的半子，我也不能让他出一点点差错。大夫说他要静养，我们就让他静养。反正，大夫家就在对街，随时可以请来！"纪总管安慰地说。

天虹看看云翔，看看纪总管，又是担心，又是疑惑：

"爹，你确定他没问题吗？看起来好像很严重啊！"

"满身是伤，当然严重！好在，都是皮肉伤，云翔年轻，会好的！让他休息几天，也好！"

祖望低问纪总管：

"谁干的？知道吗？有什么深仇大恨，要下这样的毒手？"

纪总管拉了拉他的衣袖：

"我们出去说话吧！"

纪总管的眼神那么严肃，祖望的心，就咚地一沉，感到脊梁上一阵凉意。他一句话都不说，就跟着纪总管，走进书房。

纪总管把房门关上，看着他，沉重地开了口：

"老爷！你必须做一个决定了，两个儿子里，你只能留一个！要不然你就留云飞，让云翔离开！要不然，你就留云翔，让云飞走！否则，会出大事的！"

祖望心惊肉跳，整个人都大大地震动了：

"什么？你的意思是说，是云飞下的手？云飞把他打成这样？"他瞪大眼睛，拼命摇头："不可能的，云飞不会这样！这一定有错！"

"你不要激动，你听我说！事情不能怪云飞，云翔确实该打！"

"为什么？"

"老爷，这件事你知我知，不能再给别人知道，毕竟，家丑不可外扬！说出去大家都没面子，都很难听！"纪总管盯着他，一脸的沉痛和诚恳。

"到底是怎么回事？"

"云翔占了雨凤的便宜！"

"你说什么？"祖望惊跳起来。

"真的！我不会骗你！你对你自己的两个儿子，一定非常了解！云翔是个暴躁小子，一天到晚就想和云飞争！争表现争事业争父亲也争女人！我常常想，他当初会那么拼命追求天虹，除了天虹什么人都不娶，主要是因为天虹心里有个云飞！他要的不是天虹，是属于云飞的天虹！"纪总管说到这儿，就情不自禁，眼中充泪了，这时，倒是真情流露，"天虹是个苦命的孩子，她爱了一个人，嫁了一个人，她谁也没得到！她是欠了展家的债，来还债的！"

"亲家，你怎么这样讲？"祖望颤声说。

纪总管拭了拭泪：

"这是真的！总之，云翔就是这样，有时实在很气人！云飞热情而不能干，是个书呆子，也是个痴情种子！以前对映华，你是亲眼目睹的，这次对雨凤，你也亲自体验过，他一爱起来就昏天黑地，什么事情都没有他的爱情重要！结果，云翔又跟他拼上了。所以，最近云翔常常去待月楼，还输了不少钱给郑老板，就为了跟云飞争雨凤！我为了怕你生气，都不敢告诉你！"

"你为什么要瞒着我呢？怪不得，我就听说云翔经常在待月楼赌钱，原来是真的！"

"今天就出事了，云翔说，云飞和阿超逮着他了……他满身的血跑来找我，说是云飞和阿超要杀他！"

纪总管那么真情毕露，说得合情合理，祖望不得不相信了。他震惊极了，恨极了，心痛极了，也伤心极了，咬牙说：

"为了一个江湖女子，他们兄弟居然要拼命，我太失望了！哥哥把弟弟杀成重伤……这太荒唐了！太让人痛心了！"

"唉！江湖女子，才是男人的克星！以前吴三桂，为一个陈圆圆，闹得天翻地覆，江山社稷都管不着了！老爷，现在的情况是真的很危险，你得派人保护云翔！云飞的个性我太了解，阿超身手又好，云翔不是敌手，就算是敌手，家里直闹到兄弟相残，那岂不是大大的不幸吗？"

祖望凝视纪总管，知道他不是危言耸听，心惊胆战。

"现在，云飞忙着去照顾萧家的几个姑娘，大概一时三刻不会回来，等他回来的时候，云翔恐怕就危险了！老爷，这个家庭悲剧，你要阻止呀！"

"云翔也太不争气了！太气人了！太可恶了！"

"确实！如果不是他已经受了重伤，连我都想揍他！你想想，闹出这么丢人的事，他把天虹置于何地？何况，天虹还有孕在身呀！"

祖望眼中湿了，痛定思痛：

"两个逆子，都气死我了！"

纪总管沉痛地再加了一句：

"两个逆子里，你只能要一个了！你想清楚吧！"

祖望跌坐在椅子里，被这样的两个儿子彻底打败了。

晚上，纪总管好不容易，才劝着品慧和祖望，回房休息了。

房间里，剩下了纪家父子三个。

云翔的伤，虽然瞒过了展家每一个人，但是，瞒不了天虹。她所有的直觉，都认为这事有些邪门，有些蹊跷。现在，看到房里没有人了，这才急急地问父亲：

"好了，现在，爹和娘都走了，丫头用人我也都打发掉了，现在屋子里只有我们几个，到底云翔怎会伤成这样？你们可不可以告诉我了呢？"

云翔听了，就呼的一声，掀开棉被，从床上坐起来，伸头去看。

"真的走了？我快憋死了！"

纪总管一巴掌拍在他肩上，恼怒地说：

"你最好乖乖地躺着，十天之内，不许下床，三个月之内，不许出门！"

"那我不如死了算了！谁要杀我，就让他杀吧！"云翔一阵毛躁。

天虹惊奇地看他，困惑极了：

"你的伤……你还能动？你还能坐起来？"

"你希望我已经死了，是不是？"云翔没好气地嚷。

天尧忙去窗前，把窗子全部关上。天虹狐疑地看着他们：

"你们在演戏吗？云翔受伤是假的吗？你们要骗爹和娘，要骗大家，是不是？为什么？我有权知道真相吧！"

"什么假的受伤，差点被人杀死了，胳臂上、腿上、背上全是刀伤，不信，你来看看！脑袋也被阿超打了一棍，现在，痛得好像都裂开了！"云翔叽里咕噜。

"阿超？"天虹大惊失色，"你跟云飞打架了？怎会和阿超有关？"她抬头，锐利地看纪总管："爹，你也不告诉我吗？你们不把真实情况告诉我，还希望我配合你们演戏吗？"

天尧看云翔：

"我可得说了！别人瞒得了，天虹瞒不了！"

云翔往床上一倒：

"啊，我管不着了！随你们纪家人去说吧，反正我所有的小辫子，都在你们手上！以后，一定会被你们大家拖着走！"

"你还敢说这些莫名其妙的话！是不是要我们去告诉你爹，你根本没什么事，就是欠揍！"纪总管恨恨地问。

云翔翻身睡向床里，不说话了。于是，纪总管把他所知道的事，都说了。

天虹睁大眼睛，在震惊已极中，完全傻住了。她什么都不能想了，看着云翔，她像在看一个完全陌生的人！天啊，她到底嫁了怎样一个丈夫呢？

晚上，阿超回来了。

阿超走进大门，就发现整个展家，都笼罩在一种怪异的气氛里。老罗和家丁们看到了他，个个都神情古怪，慌张奔走。他实在没有情绪问什么，也很怕碰到云翔，生怕自己会控制不住，做出什么惊天动地的事来。云飞说的话很对，就算到了最后关头，头不可抛，血不可洒，因为还有萧家五个！他要忍耐，他必须忍耐！他咬着牙，直奔梦娴的房间，找到了梦娴：

"太太，大少爷要我告诉您，他暂时不能回家……"

梦娴还没听完，就激动地喊了出来：

"什么叫作他暂时不能回家？为什么不能回家？"她紧盯

着阿超，哑声地问："你们是不是打伤了云翔？闯下了大祸，所以不敢回家？"

阿超瞪大眼睛，又惊又怒：

"什么？我们打伤他？我们还来不及打呢……"他蓦然住口，狐疑地看梦娴："他又恶人先告状，是不是？他说我们打他了？他怎么说的？"

齐妈在一边，插口说：

"我们不知道他怎么说的，也没有人跟我们说什么！下午，二少爷被担架抬回家，浑身包得像个粽子一样，好像伤得好严重，纪总管、天尧、天虹、老爷、慧姨娘……都急得快发疯了，可是，怎么受伤的，大家都好神秘，传来传去，就没有人能证实什么……你和大少爷又一直没出现，老爷晚饭也没吃，看我们的脸色怪怪的，所以，我们就猜，会不会是你们两个打他了？"

"是你？对不对？是你在报仇吗？"梦娴盯着他。

阿超惊愕极了，看看齐妈，又看看梦娴，不敢相信：

"他受了重伤？怎么会受了重伤？太奇怪了！"

"那么，不是你们闯的祸了！"梦娴松了一口气，"只要不是你们打的，我就安心了！"

阿超疑虑重重，但是，也没有时间多问：

"太太！大少爷要我告诉你，等他忙完了，他就会回来！要你千万不要担心！"

"我怎么可能不担心呢？大家都神神秘秘的，把我搅得糊里糊涂。他在忙什么？你为什么不坦白告诉我呢！"

阿超有口难言，闪避地说：

"大少爷说，等他回来的时候，他会跟你说的！反正，你别担心，他没有打二少爷，他的身体也很好，没被打，只是……"

"只是什么？"

"只是……一时之间，无法脱身！"

"跟雨凤有关吗？"梦娴追问，一肚子疑惑。

"好像……有关。"他支支吾吾。

"什么叫好像有关？你到底要不要说？"

"我不能说！"

梦娴看了他好一会儿，打开抽屉，拿了一个钱袋，塞进他手里：

"带点钱给他！既然暂时不能回家，一定会需要钱用！你还要拿什么吗？"

"是！我还要帮大少爷拿一点换洗衣服！要把家里的马车驾走，还有，齐妈，库房里还有没有当归人参红枣什么的？"

梦娴惊跳起来：

"谁生病了？你还说他没事……"

阿超无奈，叹口气：

"是雨凤姑娘！"

"雨凤？不是昨天还好好的吗？"梦娴一呆。

"昨天好，今天就不好……可能是太累了，吃住的条件太差了，大少爷在忙着给他们搬个家！就是这样！"

梦娴看阿超，见他一副有苦说不出的样子，想想云翔受伤的情形，实在有些心惊肉跳。但是，她知道阿超的忠实，如果云飞不让他说，就不用问了。

"齐妈，你快去给他准备！既然要搬家，家里要用的东西，锅碗瓢盆，清洁用具，都给他们准备一套！"

这时，老罗匆匆地奔来：

"阿超！老爷要你去书房，有话跟你说！"

阿超一震。梦娴、齐妈双双变色，不禁更加惊疑。

阿超来到书房，只见祖望在房间里走来走去，烦躁不安。阿超不知道他要说什么，可是，感觉到他有种阴郁和愤怒，就直挺挺地站在房里，等待着。

祖望一个站定，抬头问：

"云飞在哪里？"

阿超僵硬地回答：

"他心情不好，不想回家。可能又犯了老毛病，不愿意家里的人知道他在哪里，刚刚太太问了半天，我也没说。我想，现在最好不要去烦他，过个两三天，他就会回来了！"

祖望听了，反而松了一口气，低头沉思，片刻不语。

阿超满腹疑惑，又不能问。祖望沉思了好一会儿，抬起头来：

"他心情不好，不想回家？也罢，就让他在外面多待几天吧！你们做了些什么，我现在都不问，发生过什么，有什么不愉快，我都不想追究！你告诉他，等他忙完了，我再跟他好好谈！既然他在外面，你就别在这儿耽搁了，最好快点去陪着他！"

"是。那我去了！"阿超意外极了。

"等一下！"

祖望开抽屉，拿出一沓钞票：

"这个带给他！他身边大概没什么现款。"

阿超更加意外，收下了。

祖望突然觉得乏力极了，心里壅塞着悲哀。还想说什么，心里太难过了，说不出口，化为一声叹息，把头转开去：

"那么，你去吧！好好照顾他！"

阿超带着一肚子的困惑，出门去了。

房门一关，祖望就倒进椅子里：

"怎么会弄成这样呢？连一个阿超回来，都会让我心惊肉跳，就怕他去杀害云翔！一个家，怎么会弄得这么你死我活，誓不两立呢？难道，两个儿子中，我真的只能留一个吗？世间，怎么会有如此残忍的事呢？"

绝望的情绪，从他心底升起，迅速地扩散到他的四肢百骸。

阿超回到客栈，见到云飞，立即把展家的情形都说了：

"经过就是这样，怪极了！你看，会不会雨凤姑娘那几刀刺得很深，像上次捅你一样？我给他头上的那一棍可能不轻，但是，并没有让他倒下呀！难道他离开了萧家，还有别人教训了他不成？总之，全家都怪怪的，看到我就紧紧张张的，连老爷都是这样！真的不知道是怎么回事！你看，这之中会不会有诈？"

云飞沉思，困惑极了：

"确实很奇怪，尤其是我爹，没有大叫大骂地要我马上回家，还要你带钱给我，实在太稀奇了！"他摇摇头："不过，说实话，我现在根本没有情绪去分析这些，去想这些！"

阿超看了看躺在床上的雨凤：

"有没有吃药呢？有没有吃一点东西呢？"

云飞痛楚地摇了摇头，已经心力交瘁。

"那雨鹃呢？"

"不知道有没有吃。我要她带小三小四小五去那间休息。我看，她也不大好。"

"那我看她去！"

云飞点点头。阿超就急急忙忙地去了。

雨凤忽然从梦中惊醒，大叫：

"救命啊……啊……"

云飞扑到床边，一把抱住她，把她的头紧紧地揽在怀中，急喊：

"我在！我在！我一步也没离开你！别怕，你有我，有我啊！"

她睁眼看了看，又乏力地闭上了，满头冷汗。云飞低头看她，心痛已极：

"雨凤啊雨凤，我要怎样才能治好你的创伤？到了这种时候，我才知道我是多么无能，又多么无助！你像一只受伤的蜗牛，躲进自己的壳里，却治不好自己的伤口！而我，眼睁睁看着你缩进壳里，却无法把你从壳里拖出来，也无法帮你上药！我已经束手无策了！你帮帮我吧！好不好？好不好？"

他一边说着，一边不断地拭着她额上的汗。

她偎在他怀中，瘦弱，苍白，而瑟缩。

他吻着她的发丝，心中，是天崩地裂般的痛。

第二天，一清早就开始下雨。云飞和阿超，不想再在那个冷冷清清的客栈里停留，虽然下雨，仍然带着萧家五个，搬进了塘口的新家。

大雨一直哗啦啦地倾盆而下。马车在大雨中驶进庭院。

阿超撑着伞，跳下驾驶座，打开车门，嚷着：

"大少爷，赶快抱她进去，别淋湿了！"

云飞抱着雨凤下车，阿超撑伞，匆匆忙忙奔进室内。

雨鹃带着小三小四小五纷纷跳下车，冒雨奔进大厅。雨鹃放眼一看，大厅中，陈设着红木家具，颇有气势。窗格都是刻花的，显示着原来主人的身份。只是，房子空荡荡，显得有些寂寞。四个姊弟的心都在雨凤身上，没有情绪细看。

"我来带路！"阿超说，"我已经把你们大家的棉被衣服都搬来了，这儿有七八间卧房，我暂时把雨凤姑娘的卧室安排在这边！"

云飞抱着仍然昏昏沉沉的雨凤，跟着阿超，往卧室走去。几个弟妹，全都跟了进来。

卧室非常雅致简单。有张雕花的床，垂着白色的帐幔。有梳妆台，有小书桌。

云飞把雨凤放上床。雨鹃、小三、小四、小五都围过来。

小五伸手拉着雨凤的衣袖，有些兴奋地喊着：

"大姊，你看，我们搬家啦，好漂亮的房间！还有小花园呢！"

雨凤睁开眼睛，看看小五。

大家看到雨凤睁开眼睛，就兴奋起来，雨鹃急切地问：

"雨凤！你醒了吗？要不要吃什么？现在有厨房了，我马上给你去做！"

"大姊，你要不要起来走一走？看看我们的新房子？"小三问。

"大姊！醒过来，不要再睡了！"小四嚷。

"雨凤！雨凤！你怎样？有什么话要跟我说吗？"云飞喊。

大家同时呼唤，七嘴八舌，声音交叠地响着。雨凤的眼光扫过众人，却视若无睹，眼光移向窗子。

雨哗啦啦地从窗檐往下滴落。雨凤看了一会儿，眼睛又闭上了。

大家失望极了，难过极了。云飞叹了一口气，看阿超：

"我陪着她，你带他们大家去看房间，该买什么东西，缺什么东西，就去办。最主要的，是赶快把药再熬起来，煮点稀饭什么的，万一她饿了，有点东西可吃！"

"我也这么想！"阿超回头喊，"雨鹃，我们先去厨房看看吧！最起码烧壶开水，泡壶茶！我们大家，自从昨天起，就没吃过什么东西，这样也不成，必须弄点东西吃！把每个人都饿坏了，累垮了，对雨凤一点帮助都没有！"

"我去烧开水！"小三说。

"我来找茶叶！"小五说。

阿超带着大家出去了。

房内，剩下云飞和雨凤。云飞拉开棉被，给她盖好。再拉了一张椅子，坐在她的床前。他就凝视着她，定定地凝视着她，心里一片悲凉：

"她就像我当初失去映华一样，把自己整个封闭起来了！经过这么多苦难的日子，她都熬了过来，但是，这个世界实在太丑陋太残酷，让她彻底绝望了！不只对人生绝望，也对我绝望了，要不然，她不会听不到我的呼唤，感觉不到我的心痛！她把这件事看得如此严重，真让人心碎。我有什么办法能让她了解，她的玉洁冰清，没有任何东西可以污染！我有什么办法呢？"他想着，感到无助极了。

她的眼睛忽然睁开了。

他看到了，一阵震动，却不敢抱任何希望，小小声地呼唤着：

"雨凤？雨凤？"

她看了他一眼，被雨声吸引着，看向窗子。他顺着她的视线，也看看窗子。于是，她的嘴唇动了动，轻轻地吐出一个字：

"雨。"

他好激动，没听清楚，急忙匍匐着身子，眼光炙热而渴求地看着她：

"你说什么？再说！再说！我没听清楚，告诉我！什么？"

她又说了，哑哑地，轻轻地：

"雨。"

他听清楚了：

"雨？是啊！天在下雨！你想看雨？"

她轻轻点头。

他全心震动，整个人都亢奋了，急忙奔到窗前，把窗子整个打开。

她掀开棉被，想坐起来。

"你想起来？"他问。

他奔到床前，扶起她，她摸索着想下床。他用热烈的眸子，炙烈地看着她，拼命揣摩她的意思：

"你要看雨？你要到窗子前面去看雨？好好，我抱你过去，你太虚弱了，我抱你过去！"

她摇摇头，赤脚走下床，身子摇摇晃晃的。他慌忙扶住她，在巨大的惊喜和期待中，根本不敢去违拗她。她脚步蹒跚地往窗前走，他一步一搀扶。到了窗前，她站定了，看着窗外。

窗外，小小的庭院，小小的回廊，小小的花园，浴在一片雨雾中。

她定睛看了一会儿，缓缓地、清晰地、低声地说：

"爹说，我出生的时候，天下着大雨，所以我的名字叫'雨凤'。后来，妹妹弟弟，就都跟随了我的'雨'字，成为排名。"

她讲了这么一大串话，云飞欢喜得眼眶都湿了。他小心翼翼，不敢打断她的思绪，哑声地说：

"是吗？原来是这样。你喜欢雨？"

"爹说，'雨'是最干净的水，因为它从天上来。可是，娘去世以后，他好伤心。他说，'雨'是老天为人们落泪，因为人间有太多的悲哀。"

"苍天有泪！"他低语，全心震撼。她不再说话，出神地看着窗外的雨，片刻无言。他出神地看着她，不敢惊扰。

忽然，她一个转身，要奔出门去。由于虚弱，差点摔倒。他急忙扶住她：

"你要去哪里？"

她痴痴地看着窗外。

"外面。可是，外面在下雨啊！好吧，我们到门口去！"

她挣开他，跌跌冲冲地奔向门外。他急喊：

"雨凤！雨凤！你要干什么？"

她踉踉跄跄地穿过大厅，一直跑进庭院。

大雨滂沱而下。她奔进雨中，仰头向天。雨水淋着她的面颊，她身子摇摇欲坠，支撑不住，只得跪落于地。

云飞拿着伞追出来，用伞遮着她，喊着：

"进去，好不好？你这么衰弱，怎么禁得起再淋雨？"

她推开他，推开那把伞。他拼命揣摩她的心思，心里一阵酸楚：

"你要淋雨？你不要伞？好，我陪你，我们不要伞！"

他松手放掉了伞，伞落地，随即被风吹去。

他跪了下去，用手扶着她的身子，看着她。

她仰着头，雨水冲刷着她，泪和着雨，从她面颊上纷纷滚落。

雨鹃、阿超、小三、小四、小五全都奔到门口来，惊愕地看着在雨中的二人。

"你们在做什么？雨凤！快进来！不要淋雨啊！"雨鹃喊着。

"大姊！你满身都是伤，再给雨水泡一泡，不是会更痛吗？"小三跟着喊。

阿超奔出来，拾起那把伞，遮住了两个人，急得不得了：

"你们不把自己弄得病倒，是不会甘心的，是不是？不是好端端躺在床上吗，怎么跑到雨里来了呢？"他看云飞，大惑不解："大少爷，雨凤姑娘病糊涂了，你也跟着糊涂吗？还不赶快进去！"

雨凤躲着那把伞。云飞急呼：

"阿超，把伞拿开，让她淋雨！雨是最干净的水，可以把所有不快的记忆，所有的污秽，全体洗刷掉！雨是苍天的眼泪，它帮我们哭过了，我们就擦干眼泪，再也不哭！"

雨凤回头，热烈地看云飞，拼命点头。

阿超看到雨凤这种表情，恍若从遥远的地方，重新回到人间，不禁又惊又喜，收了伞，他狂喜地奔向雨鹃姊弟，狂喜地大喊：

"她醒了，她要淋雨，她活过来了！她醒了！"

雨鹃的泪，立即稀里哗啦地落下：

"她要淋雨？那……我去陪她淋雨！"

雨鹃说着，奔进雨中，跪倒在雨凤身边，大喊：

"雨凤，我来了！让这场雨，把我们所有的悲哀，所有的屈辱，一起冲走吧！"

小三哭着，也奔了过来：

"我来陪你们！"

小四和小五也奔过来了，全体跪落地，围绕着雨凤。

"要淋雨一起淋！"小四喊。

"还有我，还有我，我跟你们一样，我要陪大姊淋雨！"小五嚷着。

阿超拿着伞，又奔过来，不知道把大家怎么办才好，遮了这个遮不了那个。

"你们怎么回事？都疯了吗？我只有一把伞，要遮谁呢？"

雨凤看着纷纷奔来的弟妹，眼泪不停地掉。当小五跪到她身边时，她再也控制不住，将小五一把抱住，用自己的身子，拼命为她遮雨，嘴里，痛喊出声：

"小五啊！大姊好没用，让你一直生活在风风雨雨里！当初答应爹的话，全体食言了！"她搂着小五的头，哭了。

几个兄弟姊妹，全都痛哭失声了，大家伸长了手，你抱我，我抱你，紧拥在一片雨雾里。

云飞和阿超，带着全心的震动，陪着他们五个，一起淋雨，一起掉泪。

（京权）图字：01-2025-0195

图书在版编目（CIP）数据

苍天有泪 . 2，爱恨千千万 / 琼瑶著 . -- 北京：作家
出版社，2025.1. --（琼瑶作品大全集）. -- ISBN 978 - 7 -
5212 - 3236 - 3

Ⅰ. I247.5

中国国家版本馆 CIP 数据核字第 2025CG5125 号

苍天有泪2　爱恨千千万（琼瑶作品大全集）

作　　者：琼　瑶
责任编辑：方　矗
装帧设计：棱角视觉　纸方程·于文妍
责任印制：李大庆　金志宏
出版发行：作家出版社有限公司
社　　址：北京农展馆南里 10 号　　　邮　　编：100125
电话传真：86 - 10 - 65067186（发行中心）
　　　　　86 - 10 - 65004079（总编室）
E - mail: zuojia@zuojia. net. cn
http: // www. zuojiachubanshe. com
印　　刷：唐山玺诚印务有限公司
成品尺寸：142 × 210
字　　数：147 千
印　　张：7.375
版　　次：2025 年 1 月第 1 版
印　　次：2025 年 1 月第 1 次印刷
ISBN　978 - 7 - 5212 - 3236 - 3
定　　价：2754.00 元（全 71 册）

品 琼 瑶 经 典

忆 匆 匆 那 年

琼瑶作品大全集